आतंकी मोर

आतंकी मोर

अंकिता जैन

अनबाउंड स्क्रिप्ट

अनबाउंड स्क्रिप्ट

आतंकी मोर

ISBN : 978-81-19745-26-5

प्रकाशक : **अनबाउंड स्क्रिप्ट**
बी-10, सेवेन वंडर्स बिज़नेस सेन्टर
प्लाट नं. जी -20 बेसमेंट,
प्रीत विहार, नई दिल्ली - 110092
वेबसाइट : www.unboundscript.com
ई-मेल : books@unboundscript.com

Aatanki Mor *by* Ankita Jain

मुद्रक : यश प्रिंटोग्राफ़िक्स, नोएडा, उत्तर प्रदेश

मूल्य : ₹ 199/-

भूमिका

इस किताब का पहला ड्राफ्ट 2012 में लिखा गया था। तब मैं नहीं जानती थी कि इस किताब को प्रकाशित होने में ग्यारह वर्ष लग जाएंगे और इससे पहले मेरी पाँच किताबें आ चुकी होंगी।

बचपन में मोरों से बहुत निकटता रही। बहुत सुंदर और शांत, मनमोहक और स्वभाव से निर्भीक।

एक दिन यूँ ही यह कहानी सूझी और लिख डाली। उसके बाद ठंडे बस्ते में चली गई।

अब मेरे अपने आँगन में दो नन्हें बच्चे मोरों की तरह ही नाचते हैं। बड़े बच्चे ने एक दिन पूछ लिया, "मम्मा आप जो किताबें लिखती हैं, उन्हें मैं पढ़ सकता हूँ क्या?" उस वक़्त तो मुझे उससे 'न' ही कहना पड़ा था क्योंकि छः वर्ष के बालक के हाथों में सामाजिक चिंतन पर लिखी गई किताबें नहीं दी जा सकतीं। उन्हें तो वे किताबें देनी चाहिए

जो उनकी कल्पना को उड़ान दे सके और कुछ कर गुज़रने की प्रेरणा जगा सके। जो बालमन को उन्हीं के जैसे नायक दे सके।

इसलिए मैंने पुनः इसे ठंडे बस्ते से निकाला, कुछ बदलाव किये और प्रकाशक को सौंप दिया। अब यह आपके हवाले है। मुझे बहुत ख़ुशी होगी कि इसके पाठक भी मेरे पुत्र की तरह इसे पढ़कर चहकें।

अंकिता जैन

दिसंबर, 2023

जशपुरनगर

मोरों का आतंक

गर्मी की छुट्टी और मामा के घर का संबंध ऐसा है जो पीढ़ी-दर-पीढ़ी कमज़ोर भले हो रहा हो लेकिन धरोहर की तरह अब भी सौंपा जा रहा है। आज भी गर्मी की छुट्टियों में रेलवे की बुकिंग आसानी से नहीं मिलती। खैर, चीनू-मीनू को क्या करना था रेलवे की बुकिंग से? उनके तो मामा ख़ुद ही लेने आ जाते थे। गर्मी की छुट्टियाँ शुरू हो गयी थीं। सब बच्चों की तरह चीनू और मीनू भी मामा के घर जाने को बेचैन थे। सुबह से ही दोनों अपना सूटकेस बाँधकर मामा के इंतजार में बैठे थे। चीनू कई बार बालकनी में जाकर देख आया था। लेकिन हर बार उदास होकर सोफ़े पर बैठ जाता। घड़ी पर नज़र टिकाये था। मन में उत्साह था जो घड़ी के काँटों के साथ उदासी में बदल रहा था। 10 बजे का कहकर मामा ने 12 बजा दिया था। और अब तक कोई अता-पता नहीं था।

"मम्मी, मामा क्यों नहीं आये! फिर से फ़ोन करूँ?" चीनू ने फिर से मम्मी का मोबाइल उठाते हुए पूछा।

"सुबह से 10 बार फ़ोन कर चुके हो, वो रास्ते में हैं, आ जाएँगे बेटा" मम्मी हर बार चीनू को यही जवाब देतीं। चीनू को इस जवाब से चैन कहाँ मिलता। दस मिनट बाद फिर आ जाता- वही सवाल लेकर - मामा कब आएंगे? हर साल की तरह उसे बेसब्री से इंतज़ार था कि कब मामा आएँ और उसे गाँव लेकर जाएँ। हर बच्चे की तरह चीनू

को भी गाँव में अपनी नानी के घर बहुत अच्छा लगता था। शहरों के सीमित दायरों से निकलकर जब बच्चे दूर तक फैले खेतों, हर चौखट पर बैठे एक मामा, एक नानी, एक मौसी से मिलते हैं, तो शहरों में पसरी प्राइवेसी की दीवारें उनके नन्हें मन में ध्वस्त होती हैं और वे अपनत्व का ऐसा अनोखा संबंध देख पाते हैं। जहाँ सब कुछ उनका 'निजी' न होते हुए 'अपना ही है'। लुका-छुपी खेलते हुए किसी के भी घर में घुसकर छुपने की आज़ादी शहरों में तो मिलने से रही। किसी के खेत में घुसकर कुछ खा लेने और किसी के ट्यूबवेल में नहा लेने का सुख सोसायटी के स्विमिंग पूल से कुछ तो अलग होगा ही जो बच्चों को लालायित करता है। चीनू-मीनू को भी यही सब सुख आकर्षित करते और हर साल उन्हें मामा के घर खींचकर ले जाते। उन्हें वहाँ शैतानी करने की, खेतों में घुसकर अमरूद और जामुन तोड़ने की, पूरे मोहल्ले के बच्चों के साथ दिन रात खेलने की पूरी आज़ादी मिलती। साथ ही वहाँ के बच्चे चीनू और मीनू को अपना बॉस समझते थे। वे मानते थे कि शहर के इंग्लिश मीडियम स्कूल में पढ़ने वाले चीनू और मीनू उनसे बहुत ज्यादा इंटेलिजेंट हैं। चीनू और मीनू को भी अपनी इस खातिरदारी में बड़ा मज़ा आता था। दोनों सब पर अपनी ख़ूब धौंस जमाते।

चीनू और मीनू लँगोटिया यार थे। इसी वज़ह से मीनू के घरवाले चीनू और उसके परिवार के साथ मीनू को कहीं भी भेजने में हिचकते नहीं थे। हर साल चीनू के साथ-साथ मीनू भी चीनू की नानी के घर के ऐशो-आराम के मज़े लेता।

गाँव में उनका मन लगने की एक ख़ास वजह वहाँ के मोर भी थे। शहर में कभी-कभार समय मिलने पर पापा चीनू को ज़ू ले जाते तभी वह मोर देख पाता। लेकिन गाँव में तो मोर दिनभर दिखते। चीनू को मोर बहुत लुभाते। वो उसे सबसे सुन्दर पक्षी लगते। इतना रंग-बिरंगा, पीकू-पीकू करने वाला। मोर जब अपने पंख फैलाता तो चीनू को लगता जैसे आसमान का इन्द्रधनुष धरती पर बन रहा हो। कभी-कभी शरारत में चीनू नाचते मोर को चुपके से जाकर 'हो' करके डरा देता और मोर झट से अपने पंख समेटकर उड़ जाता। चीनू की इस हरकत पर मीनू ख़ूब हँसता। नानी के घर के ठीक पीछे पुरानी तहसील की छत लगी थी। गाँव के बीचों-बीच बनी तहसील की ये इमारत आज़ादी के समय की थी। अब उसकी दीवारें धीरे-धीरे खंडहर बनने लगी थीं। दफ्तर भी पिछले कई सालों से गाँव के बाहर नये बस स्टैंड के पास, तहसील की नई इमारत में लगने लगा

था। इन पुराने खंडहरों में बचे थे तो बस नीम और पीपल के बूढ़े पेड़ जिन पर ख़ूब-सारे मोर सपरिवार रहते थे। सुबह-शाम मोर-तहसील की छत पर वैसे ही चहलकदमी करते दिखते जैसे हम लोग पार्क में घूमते हैं। आपस में बात करते; कुछ झुंड बनाकर, कुछ अलग-थलग। कुछ एक-दूसरे को प्यार करते। कुछ लड़ते भी। चीनू और मीनू का गाँव में दोस्तों के साथ खेलने-कूदने के अलावा जो समय बचता वो इन्हीं मोरों को देखने में बीतता। सुबह-शाम मोर तहसील की छत पर ख़ूब नाचते। यह सुन्दर नज़ारा बच्चों का मन मोह लेता। तहसील की खंडहर हो चुकी दीवारों के बीच था एक ख़ाली ग्राउंड। इस पर भी गाँव के बच्चों ने अपना डेरा जमा लिया था। सुबह सूरज के उगने से पहले ही पूरी पलटन क्रिकेट खलेने आ जाया करती थी। चीनू और मीनू को गाँव में सबसे ज्यादा इंतज़ार होता था सुबह की पहली किरण का जब चीनू के नानाजी पक्षियों के लिए छत की मुंडेर पर दाना डालते थे। पीने के लिए पानी रखते थे। दाना देखकर तमाम कबूतर, तोते और मोर वहाँ दाना चुगने आ जाते। सुबह के समय पक्षियों से भरी छत रंग-बिरंगे फूलों की फुलवारी सी लगती। चीनू और मीनू गर्मियों में छत पर ही सोते। सुबह-सुबह जागते

हुए भी आँखें बंद करके लेटे रहते। बीच-बीच में थोड़ी सी आँखें खोलकर यह मनमोहक दृश्य देख लिया करते। कई बार तो मोर उनके बिलकुल पास आकर पूरे पंख फैलाकर नाच रहा होता। वे जानते थे कि अगर थोड़ा भी हिले-डुले तो सारे पक्षी भाग जाएंगे। इसलिए दोनों शांति से वहाँ लेटकर कभी इस आँख से तो कभी उस आँख से

अपनी छोटी सी निजी बर्ड सेंचुरी का सा आनंद लेते और बहुत ख़ुश होते। कभी-कभी इन ढेर सारे पक्षियों के बीच अचानक से उठकर दौड़ते हुए उन्हें उड़ाने में भी चीनू को बड़ा मज़ा आता।

चीनू स्वभाव से थोड़ा चंचल था। मीनू से लम्बाई में थोड़ा छोटा लेकिन शैतानी में उससे चार क़दम आगे। ऐसा कह सकते हैं कि शैतानी वाले सारे प्लान चीनू बनाता और उन पर अमल करना मीनू का काम होता।

मम्मी के मोबाइल फ़ोन में पिछले साल की तस्वीरें देखते हुए चीनू मामा जी का इंतज़ार कर रहा था। मीनू भी सुबह से ही अपना बैग पैक करके चीनू के घर आ गया था। नानी के घर जाने के लिए दोनों बहुत उत्सुक थे।

चीनू को बालकनी की ओर भागता देख मम्मी चिल्लाईं कि मामाजी के आने में अभी समय है, बार-बार क्यों भाग रहा है? लेकिन चीनू को चैन कहाँ था। जैसे-तैसे समय कटा। फिर से हॉर्न की आवाज़ आई। इस बार चीनू को यकीन हो गया कि हॉर्न मामाजी की गाड़ी का ही है इसलिए वह बालकनी में जाने की जगह सीधे नीचे भागा। मीनू भी चीनू के पीछे-पीछे नीचे भाग आया। जब देखा कि सच में मामाजी आ गये हैं तो दोनों ख़ुशी से उछल पड़े। चीनू और मीनू दोनों ने उन्हें नमस्ते किया और गाड़ी में जाकर बैठ गये। मामाजी बच्चों की उत्सुकता देख मुस्कुरा रहे थे। कार से उतरकर घर में घुसते हुए मामा ने कहा कि अभी तुरंत नहीं, कुछ देर ठहरकर निकलेंगे। दोनों थोड़ा उदास-से उनके साथ ऊपर चले गये। ऊपर पहुँचते ही दोनों मामाजी के स्पेशल झोले में ताक-झाँक करने लगे। उस झोले में उन्हें गाँव में मिलने वाली कुछ ख़ास चीज़ों की उम्मीद थी।

झोले में हाथ डालते ही होरे (भुने हुए चने) और बेर देख दोनों की बाछें खिल गयीं। दोनों बालकनी में जाकर खाने बैठ गये। मामाजी ने घर पर थोड़ी देर रुककर पानी वगैरह पिया, मम्मी-पापा से बातें कीं। फिर दोनों बच्चों को लेकर चलने को तैयार हो गये। मामाजी को जाने की तैयारी करते देख चीनू और मीनू फ़ौरन कार में जाकर बैठ गये। गाँव जाने की उत्सुकता में वे एक मिनट भी व्यर्थ नहीं करना चाहते थे।

मम्मी पापा से बाय-बाय करके कार आगे बढ़ी।

"और बेटा चीनू स्कूल कैसा रहा इस साल? कौन सी रैंक बनी?" मामा ने पूछा।

"इसकी तो हमेशा नीचे से ही रैंक बनती है," चीनू की खिल्ली उड़ाते हुए मीनू धीमे से बोला।

"अच्छा बेटा, बोल तो ऐसे रहे हो जैसे ख़ुद टॉपर हो," चीनू ने मीनू के चिकोटी काटी। दोनों की ये फुसफुसाहट सुनकर मामाजी ने फिर पूछा, "क्या हुआ? फेल हो गये या ग्रेस से पास हुए?"

"अरे नहीं-नहीं मामा जी, रैंक भले न बने लेकिन फर्स्ट डिवीज़न तो ले ही आता हूँ," चीनू ने कहा तो तीनों हँस पड़े।

फिर स्कूल और दुनिया भर की बातें होती रहीं।

"अच्छा गाँव पहुँचने से पहले तुम दोनों से एक बहुत ज़रूरी बात करनी है," इस तरह हल्की-फुल्की बातचीत में मामाजी थोड़ा गंभीर होकर बोले तो दोनों सकते में आ गये।

"क्या हुआ?" चीनू ने थोड़ा सहमते हुए पूछा। उसे लगा पिछली छुट्टियों की उसकी कोई खुराफात मामाजी के सामने आ गयी होगी उसी पर क्लास लगने वाली है।

"वो ऐसा है कि इस बार गाँव में माहौल कुछ ठीक नहीं है," मामा जी बोले।

"मतलब?" मीनू ने पूछा। चीनू थोड़ा रिलैक्स हुआ कि मामला उसका नहीं है।

"मतलब कि गाँव में मोरों का आतंक फैला हुआ है, बच्चे ग़ायब हो रहे हैं," मामाजी आगे बोले।

"हैं, ये क्या सीन है?" चीनू-मीनू दोनों साथ में बोले।

फिर मामा जी ने उन्हें विस्तार से बताया कि पिछले एक महीने से गाँव में मोरों का आतंक फैला हुआ है। गाँव से 4 बच्चे गायब हो चुके हैं। रोज़ रात को मोरों के जोर-जोर से चिल्लाने की आवाजें आती हैं। फिर मोर किसी एक घर पर हमला करते हैं और दूसरे दिन उस घर के बच्चे को उठा ले जाते हैं। इस डर से अब लोगों ने छतों पर सोना बंद कर दिया है। बच्चों ने तहसील के ग्राउंड में खेलना बंद कर दिया है। गाँव में कोई भी अपने बच्चे को घर से बाहर नहीं जाने देता। पुलिस भी छान-बीन कर रही है लेकिन अभी कुछ खास हाथ नहीं लगा है, सिवाय मोर पंखों के! चीनू और मीनू इस बात को सुनकर बहुत उदास हुए। अब गाँव जाकर छत पर सोने और ग्राउंड में खेलने को नहीं मिलने वाला था। लेकिन सबसे पहले वो इन ग़ायब हुए बच्चों की कहानी जानने को बेचैन थे। मोरों के पास ऐसी कौन सी पावर आ गई कि वे बच्चों को उठाने लगें। और वे बच्चों का करते क्या होंगे? इसी सोच में खोये हुए दोनों को नींद लग गयी। गाँव की ओर सफ़र आगे बढ़ता रहा।

पंडाल में लगी आग

गाँव पहुँचते-पहुँचते शाम हो गयी। चीनू और मीनू भी ऊँघते हुए खिड़की से बाहर झाँकने लगें। एक साल में ही गाँव कितना बदल गया था। साल-दर-साल गाँव में बदलाव हो रहे थे।

जयंत चौराहे से गुज़रते हुए चीनू यकायक बोला, "अरे, यहाँ से कॉमिक्स की दुकान कहाँ गयी?"

"हाँ! और ये कौन नालायक है जो कॉमिक्स हटाकर किराने का सामान बेचने लगा?" मीनू आगे बोला। मामा जी उनकी बातें सुनकर हँस पड़े। वो बोले, "अभी सात-आठ महीने पहले ही खुली है ये दूकान।

कॉमिक्स वाले को घाटा पड़ने लगा था तो उसने बंद कर दी। हाँ, लेकिन अब वो घर से ही दूकान चलाता है।"

"तब ठीक है, घर तो वहीं है न उसका जहाँ अपन अमिया बीनने जाते हैं?" मीनू ने चीनू से पूछा।

"हाँ, वहीं-वहीं।"

"हाँ, घर तो वहीं है, लेकिन इस बार तुम दोनों को वहाँ अकेले नहीं जाना है। तुम्हें जो चाहिए मुझे कह दिया करना, मैं ला दिया करूँगा।" मामा जी ने बीच में टोका।

"आप ला तो देंगे, लेकिन वहीं बैठकर दिनभर में दस कॉमिक्स निपटाने का कॉम्पटीशन तो नहीं हो पायेगा अब।" चीनू बुदबुदाया।

मीनू ने उदासी से मुँह बनाया। दोनों को कॉमिक्स पढ़ना बहुत पसंद है। शहरों में तो अब इस तरह की कॉमिक्स वाली दुकानें होती नहीं। मगर गाँव में बिज्जू काका थे जो आज भी बच्चों के लिए किराये पर कॉमिक्स उपलब्ध कराते थे। गाँव के बीच से गुज़रते हुए दोनों देख रहे थे कि दुकानें बंद होने लगी थीं। चीनू ने घड़ी देखी। अभी 7 ही बजे थे। फिर भी लगभग सारी दुकानें बंद हो चुकी थीं। जो खुली थीं वे भी हड़बड़ी में बंद हो रही थीं। थोड़ी ही देर में पूरे गाँव में रात के 2 बजे जैसा सन्नाटा फैला था। चीनू ने हैरानी से पूछा -

“क्या बात है मामाजी? पहले तो कभी गाँव में 7 बजे इतना सन्नाटा नहीं देखा?”

“हाँ बेटा, सही कहा तुमने! ये सब उन्हीं मोरों के आतंक की वजह से हो रहा है। लोग बहुत डरे हुए हैं इसलिए अँधेरा होते ही दुकानें बंद करके घरों में घुस जाते हैं।” मामाजी ने चारों तरफ पसरते अँधेरे को देखकर कहा।

“ओह! ये तो सच में बहुत खतरनाक लग रहा है। मोरों ने तो पूरे गाँव की ही हवा टाइट कर दी है,” मीनू ने कार की खिड़की से इधर-उधर बंद दुकानों का मुआयना करते हुए कहा।

"हाँ, लोगों के दिल में डर और घबराहट बैठ गयी है," मामाजी ने उदास आवाज़ में कहा।

बाज़ार से होते हुए कार घर पहुँच गयी। कार घर के दरवाज़े पर रुकने की जगह गली के बाहर ही रुक गयी। वे दोनों कुछ पूछते कि कार बाहर क्यों रुकी उससे पहले ही मामाजी ने ड्राईवर को कहा कि गाड़ी रिवर्स कर ले, बच्चों को घर तक छोड़कर आते हैं।

गली में अंदर घुसते ही पाँच मकान छोड़कर चीनू की नानी का घर था जो गली में दो कदम अंदर आते ही दिखने लगता था। लेकिन इस बार चीनू को गली में लगे बड़े-से टेंट की वजह से घर नहीं दिख रहा था। उसने मामाजी से पूछा -

"ये टेंट क्यों लगा है? किसी की शादी है क्या?"

"नहीं! कल महाशांति यज्ञ करा रहे हैं, उसी के लिए ये टेंट लगवाया है," मामाजी ने उत्तर दिया

"महाशांति यज्ञ? वो किसलिए?" चीनू ने हैरान होकर पूछा।

“मोरों के आतंक से बचने के लिए, वो अपने गाँव वाले झांझा बाबा हैं न, उन्होंने ही करवाने को कहा है। यज्ञ के बाद देखना मोर हमारे बच्चे चुराना बंद कर देंगे।” मामाजी ने थोड़ा आश्वस्त होकर कहा। फिर सख्ती से हिदायत देते हुए कहा, “चलो अब तुम दोनों भागो अन्दर, मुझे कुछ काम है। मैं थोड़ी देर में आता हूँ। याद रहे, घर से बाहर अकेले मत जाना,” कहकर मामाजी चले गये।

चीनू और मीनू भी चुपचाप घर के अन्दर चले गये। यह पहली बार था जब वे दोनों इतनी शांति से घर में घुसे थे वरना हर बार तो गाड़ी से उतरते ही अपने दोस्तों से

मिलने उनके घर भागते थे। इस बार सब जगह अँधेरा था। किसी के घर का दरवाज़ा तक नहीं खुला था। चीनू और मीनू डरते-डरते घर में घुसे। दोनों का दिमाग बस यही जानने के लिए बेचैन था कि मोर आख़िर बच्चों को कैसे चुरा सकते हैं?

मामाजी के मुँह से झांझा बाबा का नाम सुनकर भी दोनों के मुँह बन गये थे। जैसे सड़े कद्दू की बदबू सूँघ लिया हो। दोनों उस बाबा को बिलकुल पसंद नहीं करते थे। वह उन्हें एक नंबर का ढोंगी लगता था। दोनों उसे झांझा बाबा की जगह लुटेरा बाबा बोलते। दोनों को लगता कि गाँव वालों ने उसे बिना वजह सर चढ़ा रखा है। पूजा-पाठ के नाम पर गाँव वालों से उलटे-सीधे पैसे लूटता है।

झांझा बाबा 2 साल पहले गाँव में आया था। एक दिन अचानक ही गाँव के बाहर बनी मज़ार पर आकर बैठ गया था। आते ही उसने गाँव में दो लोगों की परेशानी दूर कर दी। ऐसा वह कुछ मन्त्रों की मदद से करता था। बस तभी से लोगों को उसके मंत्रों पर ऐसा भरोसा हुआ कि वह जो बोलता, लोग वही करते। गाँव वालों ने तो उसे जीता-जागता भगवान् ही बना दिया। उसकी इजाज़त के बिना

गाँव में एक काम भी नहीं होता। चीनू-मीनू ने जब उन दो लोगों की समस्या सुनी तो उन्हें लगा कि ये परेशानी दूर करने वाला बाबा नहीं बल्कि साइंस है। दोनों ने अपनी नानी को यह बात समझाने की कोशिश भी की थी लेकिन बच्चों की बात कौन सुनता?

नानी ने चीनू को, “ज़्यादा खोजी मत बन, बाबा को पता चला तो अनर्थ हो जाएगा” कहकर चुप करा दिया था। चीनू को दो-तीन बार बाबा की वजह से डाँट पड़ चुकी थी इसलिए वो उसे बिल्कुल पसंद नहीं था। चीनू से अलग मीनू को बाबाओं से थोड़ा डर भी लगता था और उसका मन भी थोड़ा डाँवाडोल रहता। वो चीनू को कहता कि इस सबमें न पड़ लेकिन चीनू उल्टा मीनू को डाँट देता।

बाहर के सन्नाटे के बाद घर में घुसते ही दोनों को अच्छा लगा। नाना-नानी ने बाक़ायदा दोनों के स्वागत की तैयारी की हुई थी। चीनू-मीनू ने भी सबके पैर छुए, फिर मामी ने उनके लिए खाना लगा दिया। मामाजी के दो बच्चे थे- पिंटू और रिंकी। चीनू और मीनू के आते ही उन दोनों के चेहरे खिल जाते। वे चीनू से दो साल छोटे थे इसलिए चीनू भैया की उन पर खूब धाक जमती।

सब मिलकर खाना खा रहे थे। साथ में बात-चीत चल रही थी।

“चीनू बेटा, तुम और मीनू खाना-खाकर तैयार हो जाना, मामाजी आते ही होंगे फिर तुम्हे उनके साथ गाँव में कुछ लोगों के घर जाकर कल यज्ञ का न्योता देना है।” नानी ने कहा।

“जी नानी, लेकिन आप मानो-न-मानो यह यज्ञ झांझा बाबा की पैसे लूटने की चाल है। यज्ञ से बच्चे नहीं मिलने, पुलिस ही कुछ करे तो मिलें!” चीनू ने बहुत देर से चल रही अपने मन की उथल-पुथल को शांत करने के लिए कहा।

“तू हमेशा उल्टा ही बोलता है। बेटा, पुलिस एक महीने से उन्हें ढूँढने की कोशिश कर रही है। कुछ हासिल नहीं हुआ। जब पहला बच्चा गायब हुआ तो सबको यही लगा कि शायद किसी ने पैसों के लिए किडनैप किया होगा, लेकिन फिर न ही फिरौती के लिए कोई फ़ोन आया और न ही बच्चे की कहीं लाश मिली। पुलिस ने भी ढूँढने की बहुत कोशिश की लेकिन कुछ हाथ नहीं लगा।”

सब एकदम चुप थे, नानी की बातें सुनकर और उनके चेहरे पर चिंता की लकीरें देखकर सारे बच्चे और ज़्यादा डर गये। कुछ देर बाद नानी फिर बोलीं, "भगवान् जाने इन मोरों को क्या हुआ है? हमारी तो उमर बीत गयी इन मोरों को दाना खिलाते-खिलाते। कभी ये महसूस नहीं किया कि एक आहट से डरने वाला ये डरपोक पक्षी एक दिन इतना खतरनाक हो जायेगा! झांझा बाबा ठीक ही कहते हैं कि इन मोरों पर किसी बुरी आत्मा का कब्ज़ा हो गया है जो बच्चों की बलि ले रही है।"

नानी की बातें सुनकर चीनू को बड़ा गुस्सा आया लेकिन मीनू थोड़ा डर गया। फिर जब चीनू ने उसके कंधे पर हाथ रख शरारती आँखों से देखा तो दोनों मुस्कुरा उठे।

"अच्छा नानी! ये महाशांति यज्ञ कराने का आईडिया भी बाबा का ही है?" चीनू ने पूछा

"हाँ बेटा! उन्होंने कहा कि अगर गाँव का कोई घर इस यज्ञ को निर्विघ्न कर लेता है तो ये मुसीबत टल जाएगी। बड़ा खर्चा था- 50 हज़ार बाबा की दक्षिणा, ऊपर से यज्ञ का खर्चा। इसलिए तेरे मामा ने इसे अपने सर ले लिया। उसे भी तो पिंटू और रिंकी की चिंता खाये जाती है," नानी ने गहरी साँस लेते हुए कहा।

चीनू के नानाजी गाँव के सरपंच थे और पुश्तैनी ज़मीनें होने की वजह से घर में पैसा भी था।

नानी की बातें सुनकर चीनू को और गुस्सा आ रहा था। उसे लग रहा था कि बाबा बिना वजह मौके का फायदा उठाकर नानाजी को लूट रहा है। बहुत सारे विचार उसके मन में चल रहे थे। वो मीनू से इस बारे में बात करना चाहता था। यही सोचकर उसने मीनू को इशारे से खाने के बाद ऊपर वाले कमरे में आने को कहा।

रात के 9 बज रहे थे। चीनू और मीनू प्लान के मुताबिक ऊपर वाले कमरे में जाने को हुए तो नानाजी ने उन्हें रोक लिया। थोड़ी देर में उन्हें मामाजी के साथ न्योता देने जाना था। दोनों उनकी बात मानकर वहीं बैठ गये और पिंटू-रिंकी से उनकी पढ़ाई और रिजल्ट्स के बारे में बातें करने लगे। चीनू के कान दरवाज़े पर ही लगे थे कि कब मामाजी आएँ और वो लोग जाएँ।

अभी 10 मिनट ही हुए थे कि मोरों के चिल्लाने की आवाज़ें आने लगीं। सब एकदम सकते में आ गये। माहौल में खौफ़ फैल गया। पिंटू और रिंकी नानी से चिपक गये। चीनू और मीनू भी डर गये और कसकर एक-दूसरे का

हाथ पकड़ लिया। किसी में हिम्मत नहीं थी कि घर के बाहर जाकर देखे कि आखिर चल क्या रहा है? आवाजें भी इतनी भयानक चीखों सी जैसे मोर के सामने उस समय कोई आ गया तो वे उसे नोंच खाएंगे। पूरा घर डरा हुआ खड़ा था। नानी ने डरती काँपती आवाज़ में कहा-

"आ... आआ ... आज ये मोर इस वक़्त?"

"इस वक़्त मतलब? रोज़ किस वक़्त हमला करते हैं?" डरते-डरते चीनू ने पूछा।

"रात को 12 से 2 के बीच। लेकिन आज इस वक़्त कैसे? हे भगवान् मेरे बेटे की रक्षा करना वो अभी तक घर नहीं लौटा।" नानी ने चिंता जताते हुए कहा। सब लोग मामाजी के बारे में सोचकर चिंतित हो उठे।

चीनू डर रहा था लेकिन सचेत था। उसे जानना था कि आख़िर मोर ऐसा क्यों कर रहे हैं? वह आवाज़ सुनने की कोशिश कर रहा था। ऐसा लग रहा था जैसे आवाज़ पड़ोस की छत से आ रही हो। लगभग 15 मिनट बाद आवाजें बंद हो गयीं लेकिन उससे पहले ही बाहर की खिड़की से आग की लपटें उठती दिखाई पड़ीं। भागकर देखा तो पंडाल जल रहा था। अब तो सब और ज्यादा घबरा गये। यज्ञ में विघ्न मतलब अनहोनी टलने की जगह और बढ़ गयी है।

चीनू जितना डर रहा था, उतनी ही तेज़ी से उसका दिमाग इस सबके बारे में सोच रहा था। उसे यह रहस्य जानना था। उसकी इमेजिनेशन में आग उगलते डरावने ड्रैगन की तरह आग उगलती मोरों की तस्वीर उभरने लगी। चीनू आग और मोरों के बीच सम्बन्ध बैठाने की

कोशिश कर रहा था। वह समझ ही नहीं पा रहा था कि मोर कैसे पंडाल में आग लगा सकते हैं! वह अपनी ही सोच में डूबा हुआ था कि तभी बाहर से गाँव वालों की हलचल की आवाजें आने लगीं। पूरा गाँव जलते हुए पंडाल को देखने के लिए इकट्ठा हो गया था। नानी और नानाजी भी बच्चों को अन्दर करके बाहर निकले। पंडाल के चारों ओर गाँव वालों की भीड़ थी। सभी के चेहरों से साफ़ झलक रहा था कि उनके मन का डर अब किस हद तक बढ़ गया है। सरपंच को बाहर आते देख सभी रुआँसे हो गये।

सभी चिल्ला रहे थे, "अनर्थ हो गया। अब यज्ञ कैसे होगा? और कितने बच्चों की बलि चढ़ेगी, सरपंच जी कुछ तो करिए।"

तभी मामाजी भी वापस आ गये। उन्हें सकुशल लौटा देखकर सभी के चेहरों पर ख़ुशी झलक आयी। गाँव वालों को चिल्लाता देख मामाजी उन्हें चुप कराने की कोशिश तो कर रहे थे लेकिन नानाजी की ओर सवालिया आँखों से देख रहे थे।

नानाजी भी निरुत्तर थे। वे ख़ुद भी स्थिति को भाँपने की कोशिश कर रहे थे। बच्चे भी खिड़की से झाँककर बाहर चल रहे तमाशे को समझने की कोशिश कर रहे थे। सब जानते थे कि हार-थककर उन्हें निरुत्तर ही घर लौटना पड़ेगा। अब तो कल बाबा की शरण में जायेंगे तभी कोई उपाय मिलेगा। यही विचार मन में लेकर सभी अपने-अपने घर लौट गये।

काली बिल्ली

गाँव वालों के लौट जाने के बाद नानाजी भी सबके साथ अन्दर आ गये। सभी यही मान रहे थे कि ये आग मोरों ने ही लगाई है। पंडाल जलने की वजह से अब कल तो महायज्ञ होना संभव नहीं। इसलिए चीनू और मीनू को मामाजी के साथ कहीं न्योता देने भी नहीं जाना था। सब अन्दर आकर आग और मोरों के बारे में बातें करने लगें। दोनों अभी भी खिड़की से चिपके हुए थे और मुंडी बाहर निकालने की कोशिश में लगे थे कि कहीं से कुछ तो ठीक से दिख पाये। लेकिन खिड़की में लगी लोहे की जाली के चलते सर बाहर नहीं निकाल पा रहे थे। इसलिए हल्की -फुल्की आग की लपटों और कुछ ग्रामीणों की मुंडियों के अलावा उन्हें कुछ नज़र न आया।

नानाजी ने उन्हें पुकारा तो वे थोड़ा सकपकाए से खिड़की से हट गये और सोफे पर धम्म से जाकर बैठ गये। नानाजी ने भी उदास नज़रों से बच्चों की ओर देखा। वे भी उनके पास जाकर सोफे पर बैठ गये। थोड़ी देर तक माहौल में एकदम शांति थी। मोरों की भयानक चीखों के बाद ये शांति सभी को अच्छी लग रही थी। नानाजी ने मामी से पिंटू और रिंकी को ऊपर जाकर सुला आने को कहा।

मामी पिंटू-रिंकी को लेकर ऊपर चली गयीं। वह भी थक गयी थीं इसलिए उन्होंने अपने साथ-साथ सबके लिए चाय बनाने की सोची। रसोई भी ऊपर ही थी इसलिए मामी ने पिंटू-रिंकी को कमरे में जाने को कहा -

"पिंटू, रिंकी को लेकर कमरे में जाओ। बिस्तर ठीक करो। मैं सबको चाय देकर तुम दोनों के लिए दूध बनाकर लाती हूँ।"

रिंकी डर रही थी। उसे देखकर पिंटू बोला, "अरे चल न रिंकी। ज्यादा मत डर। मैं हूँ न तेरा सुपरमैन भाई।"

"रहने दे, अभी मोरों की आवाज़ आ गयी न तो सबसे पहले तू ही डरकर भागेगा, डरपोक कहीं का। बड़ा आया सुपरमैन भाई, हुंह," रिंकी ने पिंटू को झाड़ते हुए कहा।

दोनों लड़ते हुए एक-दूसरे का हाथ थामे कमरे में चले गये। मामी उनकी मासूमियत पर मुस्कुरा रही थीं। स्नेह भरी आँखों से उन्हें जाते हुए देख रही थीं। रसोई और कमरे के बीच एक बारामदा पड़ता था जो तीन तरफ से बंद और एक तरफ से खुला था। खुले वाले हिस्से को एक नीम के पेड़ ने ढक रखा था। पेड़ की टहनियों के बीच से दूर तक फैली तहसील की छत नज़र आती। यही कारण था कि बच्चे अकेले कमरे में जाने से डर रहे थे। फिर भी हिम्मत करके दोनों कमरे में पहुँच गये, बिस्तर ठीक किया और

लेट गये। मामी भी चाय बनाकर नीचे चली गयीं। नीचे जाकर वह भूल गयीं कि बच्चों के लिए दूध बनाना था।

कमरे में रिंकी मामी का इंतज़ार करते-करते गहरी नींद में सो चुकी थी। पिंटू को भी नींद आ रही थी। कमरे का दरवाज़ा खुला था, इसलिए डर के कारण वह सो नहीं पा रहा था। उसने हिम्मत करके भगवान् का नाम लिया और भागकर दरवाज़ा बंद कर आया। आकर लेटा और लेटते ही नींद आ गई।

कमरे में एक खिड़की भी थी जिसमें सिर्फ शीशे के दरवाज़े थे, लोहे की जाली नहीं लगी थी। खिड़की तहसील की तरफ़ खुलती थी। ऊपरी मंज़िल पर होने की वजह से खिड़की तहसील की छत से काफी ऊँचाई पर थी। पिंटू जल्दी में खिड़की बंद करना भूल गया और गहरी नींद में सो गया। लगभग आधे घंटे बाद जब नानाजी ने पूछा कि बच्चे अच्छे से सो गये? तब मामी को याद आया कि वो बच्चों को दूध देना तो भूल ही गयीं! यही सोचकर वे भागती हुई ऊपर आयीं। देखा तो कमरे का दरवाज़ा बंद था। वह थोड़ा घबरा गयीं और दरवाज़ा खटखटाने लगीं। थोड़ी देर तक जब बच्चों ने दरवाज़ा नहीं खोला तो उन्हें चिंता होने लगी। उन्होंने चिल्लाकर मामाजी को आवाज़ लगायी। मामी की आवाज़ सुनकर सभी भागकर ऊपर आ गये।

"क्या हुआ?" मामाजी ने पूछा।

"बच्चे अन्दर से दरवाज़ा बंद करके सो गये हैं। खटखटा रही हूँ लेकिन खोल नहीं रहे।" मामी ने रुआँसी आवाज़ में कहा।

"बहू, चिंता मत करो। बच्चे हैं, नींद लग गयी होगी। थोड़ा और खटखटाओ उठ जाएंगे," नानाजी ने धीरज बँधाते हुए कहा।

"बाबूजी! चिंता की बात ये नहीं कि बच्चे गहरी नींद में सो गये हैं। चिंता की बात ये है कि तहसील की तरफ वाली खिड़की खुली थी। न जाने उन दोनों ने बंद की या नहीं। कहीं मोर ..."

इतना कहते ही मामी की ज़ुबान रुक गयी और आँखों से आँसू गिरने लगे।

"अरे! ये कैसी बातें कर रही हो। रुको मैं देखकर आता हूँ खिड़की लगी है या खुली" मामाजी ने डांटते हुए कहा।

"बेटा ज़रा सँभलकर," मामाजी को रात में छत पर अकेले जाते हुए नानी ने टोका।

मामाजी ने हामी में सर हिलाया और भागकर ऊपर गये। इधर सब लगातार कमरे का गेट खटखटा रहे थे, लेकिन रिंकी-पिंटू उठने का नाम ही नहीं ले रहे थे।

मामाजी भागते हुए वापस आये और बोले-

"खिड़की खुली है और लाइट भी जल रही है लेकिन..." वो एकदम से रुक गये।

"लेकिन क्या?" सभी ने एक स्वर में घबराते हुए पूछा।

"लेकिन मैंने एक काली बिल्ली को कमरे से कूदते हुए देखा," उनकी आवाज़ में भी डर दिखाई देने लगा था।

मामाजी की बात सुनकर सभी डर गये थे।

"अरे राम... अब क्या होगा?" मामी तो सर पकड़कर ज़मीन पर बैठ गयीं और रोने लगीं, "हो न हो वो काली बिल्ली नहीं, वही प्रेत था जो बच्चों को ले जा रहा है ...

मेरे बच्चे...” कहते-कहते मामी ने सिसकी ली।

नानी उन्हें समझाने लगीं। बाक़ी सब दरवाज़ा खोलने की कोशिश में लग गये। कोई समझ नहीं पा रहा था कि अब कमरे का दरवाज़ा कैसे खुलेगा?

सब परेशान थे। उपाय सोच रहे थे। तभी चीनू भागकर नीचे गया। वापस आया तो हाथ में छैनी-हथोड़ी और पानी भरने वाली नली थी। उसे देखकर कोई समझ नहीं पाया कि क्या करना चाहता है?

"ये खेल का वक़्त नहीं है चीनू," नानाजी ने गुस्से से कहा।

"नानाजी, ये मैं खेलने के लिए नहीं लाया। कमरे में पलंग गेट से लेफ्ट में एक फुट की दूरी पर ही है और दीवार से सटी है। अगर हम लकड़ी और दीवार के बीच के इस छेद को थोड़ा और बड़ा करके उससे पाइप से पानी फेंकें तो शायद उनकी नींद खुल जाये।"

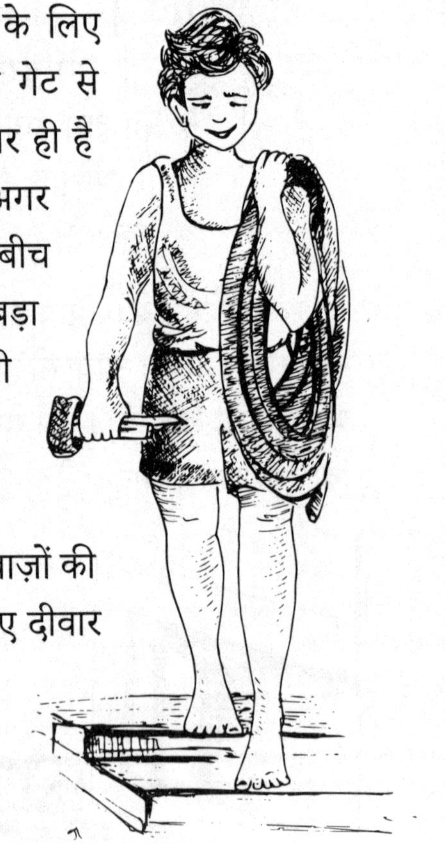

घर पुश्तैनी था और दरवाज़ों की चौखटें भी पुरानी थीं इसलिए दीवार और चौखटों के बीच थोड़ी बहुत दरारें दिखती थीं। जब चीनू ने उन दरारों का इस्तेमाल कर अन्दर पानी पहुँचाने की बात की तो नानाजी को उसकी यह तरकीब अच्छी लगी। उन्होंने तुरंत मामाजी से उस छेद को बड़ा करने के लिए कहा।

पानी की नली लायक छेद होते ही उसमें नली डालकर पानी अंदर फेंका गया। चीनू लगातार नली को गोल-गोल घुमा रहा था। इसी वजह से पानी के कुछ छींटे पिंटू के ऊपर पड़े। वह हड़बड़ा कर उठा। उसने बाहर से आती आवाज़ें सुनीं तो फ़ौरन गेट खोला।

"गेट बंद करके क्यों सो गया था?" मामी ने पिंटू को डाँटते हुए गले लगा लिया।

"आप दूध लेकर आयीं ही नहीं, मुझे डर लग रहा था," पिंटू ने आँखें मलते हुए कहा।

सभी ने बच्चों को सही-सलामत देख चैन की साँस ली। मामा जी कमरे में घुसकर उसका मुआयना करने लगे। काली बिल्ली का कमरे से निकलना उन्हें सतर्क कर गया था। उन्होंने फटाफट खिड़की बंद की।

रात बहुत हो चुकी थी। एक के बाद एक हो रही इन घटनाओं की वज़ह से सभी मानसिक और शारीरिक रूप से बहुत थक भी चुके थे। सब सोना चाहते थे। मामाजी चीनू की समझदारी पर ख़ुश थे। उसके सर पर प्यार से हाथ फेरकर उन्होंने उसे शाबाशी दी। उसे भी सोने के लिए कहा। चीनू ने सुना कि नीचे जाते वक़्त मामाजी कल फिर

से झांझा बाबा के यहाँ जाने का कह रहे थे। पंडाल में लगी आग का कारण जानना था। नानी ने भी सहमति में सर हिलाया। फिर सब अपने-अपने कमरे में चले गये।

बिस्तर पर लेटते ही मीनू सो गया लेकिन चीनू अगले दिन की प्लानिंग करने लगा। कल वह गाँव के अपने दोस्तों से मिलेगा। उन्हीं से सच्चाई पता चलेगी। बच्चों की अपनी एक अलग ख़बरी दुनिया होती है। उन्हें कई बातें बड़ों से ज़्यादा पता होती हैं। यही सब सोचते-सोचते चीनू को नींद आ गयी।

बन्दर ने पहनी साड़ी

सभी के मन में भय था। हो सकता है मोर रात को 12 से 2 के बीच फिर आ जाएँ। फिर कोई बच्चा ग़ायब हो जाए। कैसा मुश्किल भरा समय था। दूसरी तरफ़ यह भी लग रहा था कि पंडाल जल गया, मोर एक बार आकर चले गये तो शायद आज फिर न आएँ। चिंता और थकान में सभी सो गये। आँख खुली तो सुबह हो चुकी थी। मोर दोबारा नहीं आये थे। सुबह 6 बजे उठकर नानाजी ने हॉल की टीवी ऑन की। आस्था चैनल और सुबह की पूजा का उनका डेली रूटीन था। टीवी पर तेज़ आवाज़ में पूजा के साथ-साथ ही वे छत पर जाकर पक्षियों के लिए दाना-पानी रखते थे। मोरों के आतंक के बावजूद उन्होंने छत पर दाना डालना नहीं छोड़ा। उनके मन ने अभी पूरी तरह यह नहीं माना था कि मोर ही ऐसा कर रहे हैं। वे यह भी कहते हैं कि अगर मोर उत्पात कर भी रहे हैं तब भी दाना-पानी के लिए तो दूसरे पक्षी भी आते हैं। बंद करने से बाक़ी सबके साथ ग़लत होगा।

हॉल के पास वाले एक कमरे में चीनू और मीनू सो रहे थे। चीनू की नींद 5 बजे ही खुल गयी थी। स्कूल की छुट्टियों में बिना किसी अलार्म या डाँट-डपट के बच्चों की नींद का जल्दी खुल जाना एक निराला ही चमत्कार है। चीनू जल्दी उठकर नानाजी के उठने का इंतज़ार कर रहा था। वह छत पर सो नहीं पाया लेकिन सुबह-सुबह वहाँ जाकर इतने सारे पक्षियों को एक साथ देखना मिस नहीं करना चाहता था। हॉल का टीवी ऑन होते ही उसने मीनू को उठाया और दोनों उठकर बाहर आ गये। नानाजी को गुड मॉर्निंग कर उनके बगल में जाकर बैठ गये। इंतज़ार

करने लगे कि कब वो छत पर जाएँ। भक्ति शो ख़त्म होते ही नानाजी छत पर जाने लगें तो चीनू और मीनू भी साथ हो लिए। नानाजी बच्चों के मन में छत पर जाने की ख़ुशी देखकर उन्हें ऊपर जाने से रोकना नहीं चाहते थे। उन्हें मोरों का डर तो था। जब से यह सब शुरू हुआ तब से उन्होंने पिंटू-रिंकी का छत पर जाना बंद कर दिया था। लेकिन चीनू -मीनू की उत्सुकता देखकर वे उन्हें मना नहीं कर पाये।

लाइट जाने की वज़ह से मामाजी की भी नींद खुल गयी। वह भी गर्मी में सुबह की ठंडी हवा का मज़ा लेने छत पर आ गये। छत पर पहुँचते ही चीनू और मीनू पानी में खेलती चिड़िया से इधर-उधर फुदकने लगे। छत भी सतरंगी हो चुकी थी, ढेर सारे तोतों ने जहाँ छत का एक कोना हरा कर रखा था, वहीं कुछ हिस्सों में मैना और गौरैया ने अपनी मंडली जमायी हुई थी। मोर भी थे जिन्हें देखकर कतई नहीं लग रहा था कि ये वही मोर हैं जो रात में राक्षस बन जाते हैं। कुछ गिलहरियाँ भी फुदक-फुदककर अपने हिस्से के दाने बटोर रही थीं।

बच्चों की आँखें इस दृश्य को देख चमक उठी थीं। रात जो घटा उसका डर ग़ायब हो गया। वे कभी छत के इस कोने से तो कभी उस कोने से पूरे गाँव का मुआयना कर रहे थे। जैसे बिना कैमरे के ही फोटो खींच रहे हों। सारी समस्या भूलकर वे गाँव के पुराने दिनों सा मज़ा ले रहे थे। तहसील की छत पर नाचते मोरों को देखकर उन्हें बिलकुल नहीं लगा कि ये मोर किसी को परेशान भी कर सकते हैं।

चीनू ने अपनी मुट्ठी में अनाज के दाने भरे और नाचते मोर की तरफ फेंक दिया। मोर ने झट से अपने पंखों को समेट लिया और उड़ गया। चीनू को मोर के पंखों को इस तरह बंद होते देखना बहुत अच्छा लगता था। मोर को भागते देख उसे नानी की रात वाली बात याद आई, "मोर बहुत डरपोक होते हैं, फिर वे ऐसा कैसे कर सकते हैं?" यह ख़याल मन में आते ही उसने तुरंत मीनू को नीचे चलने को कहा। दोनों गाँव के अपने दोस्तों से मिलने जाना चाहते थे। दिन में उन्हें कहीं भी आने-जाने की मनाही नहीं थी। मोर दिन में हमला नहीं करते थे। नानी ने उन्हें सख़्ती से शाम के पहले वापस लौट आने को कह दिया था।

नानाजी भी दाना-पानी रखकर नीचे आ गये। मामाजी दरी बिछाकर ऊपर छत पर ही लेट गये। सुबह की ताज़ा-ठंडी हवा में आराम करना उन्हें दिनभर के लिए स्फूर्ति से भर देता। कुछ ही देर में मामाजी की आँख लग गयी।

नीचे सभी अपने-अपने दैनिक कार्यों में लग गये। लगभग 1 घंटे बाद मामाजी ऊपर से भागते-चिल्लाते आये। उन्हें ऐसे आता देख सब डर गये। सबको लगा कि अब दिन में भी मोरों ने हमला शुरू कर दिया है। चीनू और मीनू दोस्तों से मिलने निकल ही रहे थे। मामाजी की हालत देखकर वहीं रुक गये।

मामाजी सीढ़ियों से उतरे और जाकर सीधे सोफे पर बैठ गये। उन्हें हाँफता देख मामी पानी ले गयीं। पानी पीते ही घरवाले उनसे कुछ पूछते उससे पहले ही मामाजी जोर-ज़ोर से हँसने लगे। मामाजी को हँसते देख सभी के चेहरों पर हैरानी और सवाल के मिले-जुले भाव उभर आये। कोई समझ ही नहीं पा रहा था कि आखिर हुआ क्या है? मामाजी थे कि लगातार हँसे ही जा रहे थे। उनकी आँखों से आँसू निकल रहे थे लेकिन वह हँस रहे थे। थोड़ी देर बाद जब वे थोड़ा नार्मल हुए तो सबने पूछा कि आखिर हुआ क्या तो उन्होंने पूरा किस्सा सुनाया।

वे छत पर सो रहे थे। उन्हें गहरी नींद लग गयी। थोड़ी देर बाद कोई उन्हें उठाने की कोशिश कर रहा था। मामाजी को नींद में लगा कि घर का कोई बच्चा होगा लेकिन असल में वह बंदर था जो उनके नीचे दब गई सूख रही साड़ी को खींचने की कोशिश कर रहा था। मामाजी के नीचे दबी होने की वज़ह से वह उन्हें उठा रहा था। मामाजी ने उसे नींद में एक बार हटाया तो वह दोबारा आ गया। जब मामाजी ने उसे फिर हटाया तो उसने मामाजी को थप्पड़ मार दिया और उस थप्पड़ से मामाजी उठकर बैठ गये और डरकर भागे।

पूरी बात सुनकर सभी ज़ोर-जोर से हँस रहे थे।

“लेकिन बन्दर को साड़ी से क्या करना?” चीनू ने हैरानी से पूछा।

“अरे यहाँ बन्दर कुछ छोड़ते थोड़ी हैं छत पर। इनके चक्कर में तो मैं सुबह 5 बजे ही कपड़े सुखा आती हूँ लेकिन सुबह हो या शाम, मरे हर समय बस धमा-चौकड़ी मचाये रखते हैं।”

बन्दर साड़ी के साथ क्या करेंगे ये जानने की उत्सुकता में सारे बच्चे ऊपर पहुँच गये।

ऊपर पहुँचकर उन्होंने जो देखा उसके बाद तो बच्चे हँसते-हँसते लोटपोट हो गये। बंदर बगल वाली छत पर अम्माजी को साड़ी पहनते देख खुद साड़ी पहनने की कोशिश कर रहा था। बन्दर को नकलची क्यों कहते हैं आज बच्चे इसे लाइव देख रहे थे। बच्चे उसे सीढ़ियों से छुपकर देख रहे थे। बच्चों के हँसने की आवाज़ से बंदर साड़ी लेकर तहसील की छत पर भाग गया। बच्चे भी भागे और आगे आकर उस तमाशे को देखने लगे।

बच्चे अब पहले से शांत थे। बीती रात के सारे डर मन से उतर चुके थे। चीनू-मीनू गाँव में घूमने के लिए बेचैन थे। चारों भाई-बहन घर से निकल गये।

घर के दरवाज़े से निकलकर जब गली में आ खड़े हुए तब दिन के उजाले में गाँव को देखना उन्हें अच्छा लगा। पिछले दो दिनों में मोरों के आतंक की ख़बर के बाद गाँव का जो रूप दिखा था, वह डरावना था। लेकिन दिन के उजाले में वही पुराना गाँव देखकर उन्हें कुछ तसल्ली

मिली। घर के सामने ही बनी झोंपड़ी से आती सूखे बेरों की खुशबू से सारे उस ओर खिंचे चले गये। साँकल खटखटाने से मोटी काकी निकलकर आयीं। चीनू-मीनू को देख हर्ष से बोलीं, "आ गये तुम दोनों, लेकिन बेटा थोड़ा सँभलकर रहना," कहते हुए वे बिना कोई और सवाल किये चार दोनों में सूखे बेर भरकर ले आयीं। लातीं भी क्यूँ न? यह इन बच्चों की नियमित खरीददारी जो थी। इसलिए वह बिना कुछ कहे ही समझ जाती थीं। चीनू ने अपनी जेब से दस का नोट निकालकर मोटी काकी को पकड़ा दिया। अपने-अपने दोने उठा वे चारों बेर चबाते हुए बाहर निकले ही थे कि एक गधा *ढेंचू!ढेंचू!* करके दौड़ता हुआ उनके आगे से गुज़रा।

"ले ये भी तुझे गले लगाने आया है," मीनू ने चीनू को छेड़ा तो सारे हँस पड़े। गाँव में गधे बहुत थे और सुबह के समय बगिया होने के कारण गधों का जमावड़ा इसी गली में होता। कुछ और आगे बढ़े तो हैंडपंप के पास वाली नाली पर कुछ बच्चे पॉटी करते दिखे तो कुछ हैंडपंप के चबूतरे पर बैठकर साबुन मलते।

गली से बाहर निकले तो दाहिनी ओर प्रेमू की दूकान पर बाल कटवाने वालों की भीड़ उतनी ही थी और वो इस साल भी बच्चों के गोल बाल काटने के लिए सर पर कटोरा रखते हुए पाया गया था। गली के बाईं ओर आटा चक्की की घन-घन शुरू हो चुकी थी। सारे गाँव का आटा यहीं तो पीसा जाता था। साहू जी दिनभर आटा पीसने के बाद शाम को जब चक्की से निकलते तो एकदम सफ़ेद भूत दिखायी देते।

चीनू-मीनू ने कुछ देर गली के कोने पर ठहरकर गाँव को महसूस किया। फिर आगे बढ़ गये। उन्हें भोलू के घर पहुँचना था सो सड़क पार कर सीधे निकल गये। दो-

तीन छोटे-छोटे खेतों में तितलियाँ उड़ाते, टेटेबनिया को पकड़ उसकी पूँछ में धागा बाँध हेलिकॉप्टर बनाते और रास्ते में पड़ने वाले हर आम के पेड़ पर पत्थर मारकर ज़ेबों में अमिया ठूँसते वे भोलू के घर पहुँच गये।

भोलू के घर के आँगन में आम का एक बड़ा सा पेड़ था जो उन सबकी मीटिंग के लिए बैठक का काम करता था। दो और दोस्तों -राजू और मंटू के आने के बाद सारे पेड़ पर चढ़ गये। सबने अपनी-अपनी डाली पकड़ ली।

भोलू थोड़ा मोटा था इसलिए वह नीचे ही बैठता था। सभी उसे बहुत चिढ़ाते भी थे।

चीनू और मीनू को गाँव में देखकर सभी बहुत ख़ुश थे। बहुत सारी बातें उन्हें बताना चाहते थे। चीनू भी बहुत कुछ जानना चाहता था। सभी के चेहरों पर मोरों के आतंक की वज़ह से मायूसी थी। उनका खेलना, घर से निकलना सब बंद हो चुका था। अगर ये सब नहीं हुआ होता तो इस वक़्त सब तहसील में क्रिकेट खेल रहे होते। सभी उदास थे लेकिन वे जानते थे कि कहीं-न-कहीं कुछ गड़बड़ ज़रूर है।

"यार मैं तो ये इमेजिन ही नहीं कर पा रहा कि मोर इंसान के इत्ते बड़े-बड़े बच्चों को उठा कैसे सकते हैं? मतलब इत्ते बड़े बच्चे को पकड़ने के लिए मजबूत हाथ चाहिए न?" चीनू ने ख़ामोशी तोड़ी,

"हाँ और मोर तो न ज्यादा हाईट पर उड़ पाते हैं न ही ज़्यादा फ़ास्ट," मीनू आगे बोला।

"हाँ अपने भोलू जैसे हैं।" चीनू बोला तो सब हँस पड़े। लेकिन बात सोचने वाली थी। इसलिए सबका दिमाग उस दिशा में दौड़ने लगा कि आख़िर माज़रा क्या है?

कोई तो है जो इस सब के पीछे है। बच्चों को किसी भूत-प्रेत पर भी विश्वास नहीं था। उससे भी बड़ा प्रश्न यह था कि, "मोर ऐसा करेंगे क्यों?"

इसका जवाब उन्हें नहीं मिल पा रहा था। इस गाँव से मोरों को बहुत प्यार मिला है। कभी किसी ने उन्हें मारा-सताया नहीं। फिर ऐसा क्यों हो रहा था?

यही पता लगाने के लिए चीनू ने भोलू को पूरी बात बताने को कहा। भोलू बाकि बच्चों में थोड़ा जासूस मिज़ाज़ था इसलिए चीनू को भरोसा था कि वह पूरी बात सही-सही बता पायेगा। सभी की निगाहें भोलू पर टिक गयीं और सब उसके बोलने का इंतज़ार करने लगे।

रहस्यमयी जामुन का पेड़

सभी एकटक भोलू को देख रहे थे। उसके बोलने का इंतज़ार कर रहे थे। भोलू ने सबसे पहली घटना से बताना शुरू किया-

"वो गाँव के बाहर जो पुरानी बिल्डिंग है न; उससे लगा हुआ जो मुकेश का घर है, याद है न तुम्हें?" भोलू ने अपनी बात शुरू करने से पहले चीनू और मीनू से पूछा।

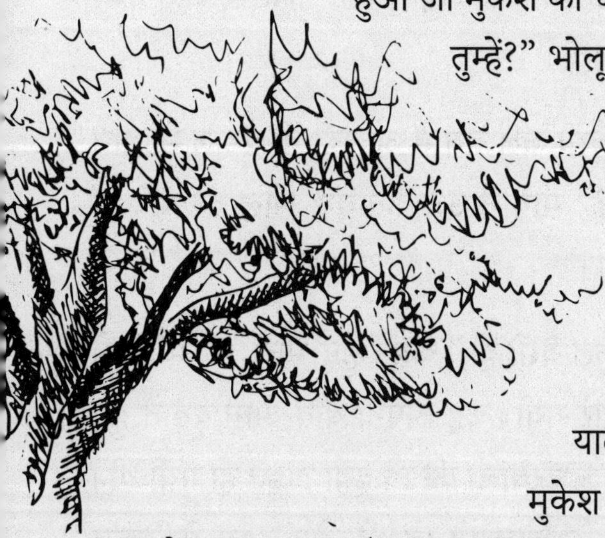

"हाँ-हाँ याद है, तो क्या मुकेश भी गायब हुआ है?" चीनू ने अपने जवाब के साथ भोलू से अगला सवाल किया।

“हाँ! सबसे पहले वही गायब हुआ था। उस रात जब वे लोग सो रहे थे तब उनके घर की छत पर बहुत ज़ोर-ज़ोर से धम-धम की आवाजें आने लगीं। वे लोग डर गये। मुकेश के बाबा ने हिम्मत करके छत पर जाने की कोशिश की लेकिन छत का दरवाज़ा बाहर से बंद था। उन्होंने दरवाज़े के छेद में से झाँकने की कोशिश की तो उन्हें मोर दिखाई दिये। उन्होंने सोचा कि हो सकता है मोरों के छत पर कूदने से धम-धम की आवाज़ आयी हो। लेकिन जैसे ही वे वापस जाने के लिए मुड़े तो मोरों के चीखने की आवाजें आने लगीं।”

“वैसी ही, जैसी कल रात में आ रही थीं पंडाल में आग लगने से पहले?” मीनू ने उत्सुकतावश भोलू को बीच में टोकते हुए पूछा।

“हाँ, बिलकुल वैसी ही,” कहते हुए भोलू की आँखों में डर की छाया तैर गयी। वह अपनी बात आगे बढ़ाते हुए बोला, “मुकेश के घरवालों की तो हवा टाइट हो गयी थी। आधे घंटे तक मोर चिल्लाते रहे। वे लोग न घर से निकल पा रहे थे, न ऊपर जाने की हिम्मत हो रही थी। मुकेश के बाबा ने तेरे नानाजी को फ़ोन किया। उन्होंने गाँव के लोग इकट्ठे किये और सब लट्ठ ले-लेकर पहुँच गये।”

"फिर?" चीनू ने जानना चाहा।

"फिर क्या, गाँव वालों के पहुँचने से पहले ही सब ठंडा पड़ चुका था। न मोर बचे थे न उनकी आवाज़," भोलू यूँ बोला मानो वह अपराधी को पकड़ते-पकड़ते रह गया हो। आगे बोला, "अगले दिन पुलिस सब देख लेगी बोलकर तेरे नानाजी और गाँव वाले तो आए लेकिन मुकेश के घरवालों की रातभर बुरी हालत रही।"

सारे बच्चे ध्यान से भोलू की बात सुन रहे थे, "सुबह पुलिस आयी लेकिन उनके हाथ मोर पंखों के अलावा कुछ नहीं लगा। पुलिस ने इसे परेशान जानवरों का हमला समझकर नज़रअंदाज़ कर दिया। लेकिन उसी दोपहर जब तहसील मैदान से मुकेश गायब हुआ तब सबकी सिट्टी-पिट्टी गुम हो गयी। पुलिस की तो हवा निकल गयी।"

हा! हा! हा! हा! हा!

डरे से माहौल में भी पुलिस की हवा निकलने की बात सुनकर सारे बच्चे हँसने लगे।

"अच्छा आगे सुनो, हँसो मत," भोलू ने अपनी हँसी पर कंट्रोल करते हुए कहा।

"हाँ, मुझे ये बता कि तहसील वाले मैदान से वो गायब कैसे हुआ, वहाँ तो इतने सारे लोग खेलते हैं?" चीनू ने हैरानी से पूछा

"हाँ, तू बोल तो सही रहा है लेकिन उस दिन मंगलवार था। वो पड़ोस वाले गाँव में बाज़ार लगती है न, और तू तो जानता है कि जिस दिन बाज़ार होती है सब उसी में बिज़ी होते हैं। इसलिए उस दिन मैदान में सिर्फ हमारा ही ग्रुप खेल रहा था, पिंटू ने छक्का..."

"एक मिनट!" चीनू ने चौंककर भोलू को बीच में टोकते हुए बोला।

"क्या हुआ?" मीनू और भोलू ने एक स्वर में पूछा।

"क्या सारे बच्चे मंगलवार को ही गायब हुए हैं?" चीनू ने अपने दिमाग में कुछ जोड़-तोड़ लगाकर भोलू से पूछा।

"अरे हाँ! इस बात पर तो मैंने ध्यान ही नहीं दिया। तूने सही कहा। सारे बच्चे मंगलवार को ही गायब हुए हैं," राजू ने कहा।

"हाँ, ये तो सोचने की बात है। इसका मतलब मोरों को भी वीक-डेज़ याद हैं सारे? उनके यहाँ भी संडे-मंडे होता है?" पिंटू ने अपना सर खुजलाते हुए पूछा।

हा! हा! हा! हा!

पिंटू की बात सुनकर सारे बच्चे हँस पड़े।

"अच्छा चल अब आगे बता, ये पॉइंट नोट कर लेते हैं आगे काम आएगा।" चीनू ने भोलू को मुकेश के गायब होने की कहानी आगे बढ़ाने के लिए कहा।

"हाँ! तो फिर पिंटू ने छक्का मारा और बॉल पीछे वाले गन्ने के खेत में चली गयी। मुकेश की फील्डिंग उसी तरफ की थी तो वो बॉल लेने भागा और हम सब पानी पीने

प्याऊ पर आ गये। जब हम पानी पीकर वापस मैदान में पहुँचे तब तक मुकेश लौटा नहीं था। हमने सोचा सू-सू करने चला गया होगा। लेकिन जब थोड़ी देर तक वो नहीं आया तो हम खेत की तरफ़ खोजने पहुँचे। वो नहीं मिला। हमें लगा, हमने फील्डिंग में उसे पदा दिया इसलिए घर भाग गया। क्रिकेट के बाद हम उसके घर गये। लेकिन वो घर पर भी नहीं था। फिर सबको चिंता होने लगी। सबने उसे खेत में ढूँढना शुरू किया लेकिन वो अब तक नहीं मिला है।"

"अच्छा जब तुम लोग पानी पीने गये थे तो क्या तुम्हें उसके चिल्लाने की आवाज़ आयी थी?" चीनू ने पूछा।

"नहीं, हमें तो कोई आवाज़ नहीं सुनायी पड़ी," हम भी ये सोचकर हैरान थे कि आखिर वो कहाँ और कैसे गायब हो गया?" भोलू ने सोचते हुए कहा।

"हम्म, फिर जब पुलिस ने छान-बीन की तो उन्हें कुछ नहीं मिला खेत से? जैसे कि मुकेश के जूते-चप्पल वगैरह, या उसके कपड़े या कोई और निशानी?" मीनू ने भोलू से पूछा। अपनी जासूसी कॉमिक्स से कुछ टिप्स लेते हुए मीनू ने यहाँ अप्लाई किया।

"नहीं, पुलिस को सिर्फ खेत में कुएँ के पास के जामुन के पेड़ के पास मुकेश की चप्पलें मिली थीं, वहीं कुछ मोर के पंख पड़े हुए थे," भोलू ने उत्तर में कहा

"ओह! तो इसी से सबको लगा कि मोरों ने ही मुकेश को गायब किया है," चीनू ने अफ़सोस जताते हुए कहा।

"और क्या करते? रात में उसके घर की छत पर मोर और सुबह चप्पल के साथ मोर पंख, सब इसी तरफ इशारा करता है। कोई चारा भी तो नहीं था। पुलिस ने तो बहुत ढूँढने की कोशिश की लेकिन मुकेश कहीं मिला ही नहीं।"

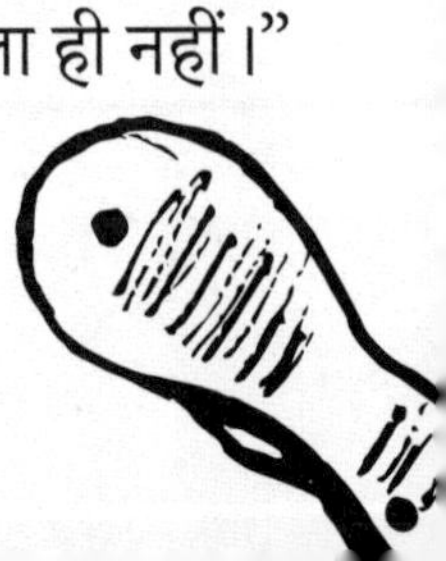

"हम्म्म, मुझे कुछ अजीब सा लग रहा है। अच्छा फिर दूसरे बच्चे भी ऐसे ही गायब हुए ?" चीनू ने पूछा।

"नहीं, मुकेश के गायब होने के बाद हमारा मैदान में खेलना बंद हो गया।" राजू ने उदासी से कहा।

"ओह! फिर बाकी के तीन बच्चे कहाँ से गायब हुए?" चीनू ने पूछा।

"मुकेश के बाद वो अपने रंगा-बिल्ला ग़ायब हुए... वो दोनों।"

"क्या? वो दोनों भी गायब हो गए?" मीनू ने चौंकते हुए भोलू की बात बीच में काटी, "लेकिन वो दोनों तो स्कूल से घर और घर से स्कूल के अलावा कहीं जाते नहीं। फिर कैसे और कहाँ से ग़ायब हो गये?"

"वो दोनों स्कूल से आते समय ग़ायब हुए," भोलू बोला।

"अच्छा, कैसे? स्कूल से तो इतने सारे बच्चे एक साथ आते हैं! तू पूरी बात बता," चीनू बोला।

"अगर मुझे पूरी बात पता होती तो मैं उन दोनों को ढूँढ न लेता," भोलू चिढ़ते हुए बोला, "और तुम लोग मुझे पूरी बात बताने कहाँ दे रहे हो।"

"अच्छा-अच्छा तू बोल," चीनू ने उसे शांत कराते हुए कहा।

"तुझे याद है न गाँव के स्कूल में छुट्टी के बाद क्लास में दो बच्चों की क्लास साफ़ करने की ड्यूटी लगती है," भोलू ने चीनू और मीनू की याददाश्त को थोड़ा खुजलाते हुए कहा।

"हाँ याद है," चीनू बोला, "तो क्या वो दोनों स्कूल से ही ग़ायब हो गये?"

"नहीं, स्कूल से नहीं, स्कूल से वापस आते समय रास्ते से," भोलू बोला, "उस दिन उन्हीं दोनों का नंबर था क्लास साफ़ करने का। जब तक वो सफ़ाई कर रहे थे हम स्कूल में ही थे। साइकिल निकाल रहे थे। फिर हम घर आ गये और वो दोनों..."

"वो दोनों क्या?" मीनू ने पूछा।

"वो दोनों वापस ही नहीं आए।" भोलू ने अपनी बात आगे कही, "स्कूल के चपरासी से पूछताछ हुई थी। वही रुकता है न लास्ट तक। वो बोला दोनों बच्चे सफ़ाई करके घर के लिए निकल गये थे।"

"क्या उसने दोनों को ख़ुद जाते हुए देखा?" चीनू ने पूछा।

"हाँ, उसने तो पुलिस को यही कहा कि उसने दोनों को जाते हुए देखा," भोलू ने अपनी बात पूरी की।

"तो क्या उन बाकी बच्चों से पूछताछ की थी?" चीनू ने अपना अगला सवाल पूछा।

"हाँ! उन्होंने बताया कि रंगा-बिल्ला निकले तो साथ ही थे लेकिन वो कुछ भूल गये थे इसलिए वापस स्कूल चले गये। दूसरे बच्चों ने थोड़ी देर इंतज़ार किया लेकिन जब वो नहीं आये तो वे लोग भी अपने घर आ गये।"

"ओह! इसका मतलब स्कूल का ही कोई इसमें मिला है," चीनू कुछ सोचते हुए बोला।

"तू ये कैसे कह सकता है?" भोलू ने पूछा, "क्योंकि स्कूल का तो कोई भी स्टाफ स्कूल में था नहीं। न ही चपरासी ने उन्हें वापस आते हुए देखा।"

"कौन है? कैसे है? ये तो हम लोगों को पता लगाना होगा," चीनू बोला, "लेकिन इससे पहले तू मुझे चौथे बच्चे के बारे में बता कि कैसे ग़ायब हुआ।"

"मुझे भूख लगी है अब," भोलू ने चीनू की बात काटते हुए कहा।

"नालायक कितना खाएगा? खा-खाकर फुटबाल हो गया है। छोटे-से पेड़ पर भी नहीं चढ़ पाता," चीनू ने भोलू से गुस्से में कहा, "थोड़ा वजन कम कर वरना सूमो हो जाएगा।"

"देख अगर तूने मेरी बेइज्ज़ती की तो मैं कुछ नहीं बताऊंगा," भोलू थोड़ा नाराज़ होते हुए बोला, "और फिर तुम किसी बच्चे को बचाने का प्लान नहीं बना पाओगे।"

"अच्छा-अच्छा शांत हो जा।"

“जा रे मीनू, इस भुक्खड़ के लिए गूँगा हलवाई से 2 समोसे और 100 ग्राम जलेबी पैक करा ला और बोल दियो कि पैसे मामाजी से लेले।”

चीनू के कहने पर मीनू भोलू के साथ-साथ सभी के लिए समोसा-जलेबी ले आया था। भूख सबको लगी थी इसलिए सबने समोसा-जलेबी के चटखारे लगाये और अपनी-अपनी जगह जाकर बैठ गये।

“हाँ, अब बता। अब तो भर गया पेट तेरा सूमो पहलवान,” चीनू ने भोलू से अपनी बात पूरी करने को कहा।

“उसके बाद अपना लाईटचंद ग़ायब हुआ,” भोलू ने डकार लेते हुए कहा।

“वो भी स्कूल से ग़ायब हुआ?” मीनू ने पूछा।

“नहीं, वो स्कूल से नहीं, वो तो मैथ्स वाले बाँगड़-बिल्लू सर के घर से ग़ायब हुआ।” भोलू बोला।

“ओह तो बाँगड़-बिल्लू भी इसमें शामिल है,” चीनू सोचते हुए बोला, “और हो-न-हो स्कूल से रंगा-बिल्ला को भी उसी ने ग़ायब कराया हो।”

“ये तो पता नहीं, लेकिन जब पुलिस ने पूछताछ की तो बाँगड़-बिल्लू बोला कि वो तो लाईटचंद को घर पर बिठाकर पुलिस स्टेशन ही गया था। जब वापस आया तो उसे पता लगा कि लाईटचंद ग़ायब है,” भोलू बोला, “उसे रंगा-बिल्ला के केस की पूछताछ के लिए बुलाया था।”

“ओह! इस सब में कुछ बड़ी झोल है,” चीनू बोला।

“सस्पेंस है डियर, सस्पेंस! देखो न किसी के भी ग़ायब होते समय चीखने-चिल्लाने की आवाज़े नहीं आयीं,” मीनू बोला।

“बड़ी ही नयी बात बता दी तूने तो,” चीनू ने उसका मज़ाक उड़ाते हुए कहा।

“इन तीनों की चप्पलें भी उस जामुन के पेड़ के पास मिलीं और साथ में मोर पंख भी,” भोलू बोला।

“अब सबसे पहले मोरों पर नज़र रखनी होगी। ऐसी कौन सी जादुई विद्या सीख ली उन्होंने कि इंसानों के बच्चे ग़ायब करने लगे,” मीनू बोला।

“कुछ और ही गड़बड़ है,” चीनू ने मीनू से कहा, “सोचते हैं कुछ। अभी तो घर चलते हैं, नानी इंतज़ार कर रही होंगी। कल तक मैं अपने प्लान के ब्लूप्रिंट तैयार करता हूँ, फिर काम शुरू करेंगे,” चीनू बोला। फिर थोड़ी

धीमी आवाज़ में बोला, "याद रहे, ये बात बड़ों को पता नहीं लगनी चाहिए। वरना सारा प्लान चौपट हो जाएगा।"

सारे बच्चों ने कल इसी जगह मिलने का तय किया और अपने-अपने घर चले गये। सब सोचने लगे, कुछ न कुछ ऐसा खोजना था जिससे कोई सुराग मिल सके। चीनू और मीनू के आने से गाँव के उनके दोस्तों को बहुत हिम्मत मिली थी।

उन्हें लगने लगा

था कि अब

मोर या

चोर कोई न

कोई तो पकड़ा

ही जाएगा।

बाँगड़ बिल्लू की असलियत

शाम ढलते ही फिर गाँव में अज़ब-सा सन्नाटा पसर गया था। चीनू-मीनू को दिनभर की चहल-पहल के बाद फिर से ये सन्नाटा काटने लगा। सब ठीक होता तो क्या शाम और क्या रात, इसी वक़्त चले जाते कॉमिक्स वाले के घर। लेकिन मामाजी ने तो दोस्तों के घरों के अलावा कहीं भी जाने से मना कर दिया था। इसलिए अपने-अपने घरों में सभी बच्चे नोट्स बना रहे थे। क्या, कहाँ, कैसे हुआ? सारी वारदातों के बारे में शुरू से सोच रहे थे। उनसे जुड़ी कड़ियाँ ढूँढने की कोशिश कर रहे थे। चीनू की बात मानकर किसी ने भी अपने घर में शक़ नहीं होने दिया था। सारे लोग शांति से रात का खाना खाकर सो गये। सभी पहले से थोड़ा ज्यादा डरे हुए थे। वे किडनैपर को पकड़ना चाहते थे। लेकिन डरे हुए थे कि अगर किडनैपर को भनक लग गयी तो कहीं वे ही ग़ायब न हो जाएँ। अगले दिन सारे लोग फिर वहीं जमा हुए।

"तुमने कुछ सोचा? क्या करना है, कैसे करना है?" भोलू ने चीनू से कहा।

"मैं इस बात पर तो श्योर हूँ कि ये काम मोरों का नहीं है। हमें बस असली चोर को ढूँढना है जिससे सुबूत भी मिल जाए," चीनू बोला।

"तू इतना श्योर कैसे हो सकता है?" भोलू बोला।

"अबे मोरों के हमारे जैसे हाथ पैर नहीं होते, बच्चे उठाने में थोड़ा तो हल्ला होता!" चीनू बोला।

"अगर कोई भूत हो और जो बच्चों को हिप्नोटाइज करके ले जा रहा हो तो?" मीनू बोला।

"हाँ! बस तू यही सब सोच," चीनू ने मीनू को फटकारा, "अबे गधे सिर्फ़ जामुन के पेड़ के नीचे हर बार मोर पंख मिलते हैं, इसके अलावा और कहीं नहीं। मतलब समझ रहा है।"

"तू ही बता दे शरलॉक," मीनू बोला।

"मतलब ये कि मोर पंख बच्चे उठाने की झड़प में नहीं गिरे बल्कि किसी ने वहाँ रखा होगा ताकि शक़ मोरों पर जाए। लेकिन जो भी है, गाँव वालों को बढ़िया बेवकूफ बना लिया उसने।" चीनू ने कहा तो सारे मुँह छुपा के हँसने लगे।

"इसी से मुझे लगता है कि कोई जान-पहचान वाला ही है इसमें जिसे बच्चे ठीक से पहचानते हों," चीनू आगे बोला।

"तो क्या बाँगड़-बिल्लू ही?" मीनू ने पूछा।

"ऐसा भी तो हो सकता है कि कोई दवा सुँघाकर बच्चों को ले जा रहा हो," पिंटू बोला।

"दिमाग तो है हमारे पिंटू में," चीनू बोला तो सब हँसने लगे। चीनू फिर बोला, "हाँ ये हो सकता था। लेकिन अगर कोई अनजान या मोर ही बच्चों को कुछ सुँघाने की कोशिश करते तो बच्चे थोड़ा-बहुत तो फाईटबैक

करते ही। जिससे थोड़ा हल्ला होता या उस जगह कुछ और निशान मिलते। लेकिन ऐसा हुआ नहीं।" चीनू बोला तो सभी सोचने लगे। कहीं उनसे कुछ ऐसा छूट तो नहीं रहा था।

"तू बोल तो सही रहा है," भोलू बोला, "मैं कल तुझे ये बताना भूल गया था कि जिस दिन रंगा-बिल्ला ग़ायब हुए, उस दिन बाँगड़-बिल्लू भी स्कूल में देर तक रुका था। पुलिस ने जब उससे इस बारे में पूछा तो उसने बोला कि वो स्टाफ रूम में कॉपी चेक कर रहा था इसलिए उसे कुछ मालूम नहीं।"

"मतलब मेरा शक़ सही है," चीनू आँखे सिकोड़ते हुए जासूसी अंदाज़ में बोला।

"तो अब आगे क्या करना है?" रिंकी-पिंटू ने एकसाथ पूछा।

"हम सब अलग-अलग कहीं जा नहीं सकते। घरवाले जाने ही नहीं देंगे। और ये सेफ भी नहीं है," चीनू बोला, "तो आज हम सब एकसाथ बाँगड़-बिल्लू के घर चलते हैं। वहीं से कुछ ढूँढकर लाते हैं।"

"अगर वही किडनैपर हुआ और हम सबको वहीं पकड़ लिया तो?" रिंकी ने डरते हुए कहा।

"वो ऐसा नहीं करेगा। हम सब अपने घरों में बताकर आये होंगे। ऐसे में हम ग़ायब हुए तो उसी पर शक़ जाएगा," चीनू ने रिंकी के कंधे पर हाथ रखते हुए कहा, "लेकिन याद रहे, कोई वहाँ डरेगा नहीं। न ही हमारी किसी बात से बाँगड़-बिल्लू को शक़ होना चाहिये।"

“अगर हम उससे कुछ पूछेंगे तो उसे शक़ होगा ही,” मीनू बोला।

“तू पूछेगा तो पक्का हो जाएगा। इतने स्टुपिड सवाल करता है।” चीनू बोला तो सारे हँसने लगे। मीनू ने चीनू को देखकर मुँह बना दिया।

“हम बच्चे हैं और हमें होशियारी नहीं अपनी बेवकूफी दिखानी हैं वहाँ। हम ऐसे बेवकूफों जैसे सवाल करेंगे कि उसे कभी शक़ नहीं होगा,” चीनू बोला।

सबने हामी में सर हिलाया और अपनी-अपनी साईकिल लेकर निकल पड़े। बाँगड़ बिल्लू का घर भोलू के घर से थोड़ा दूर था। पहुँचते-पहुँचते सब थक गये। बाँगड़-बिल्लू अपने घर के बाहर गर्मियों में ठंडे पानी की प्याऊ लगाता था आने-जाने वालों के लिए। बच्चों ने वहीं रुककर पानी पिया। चीनू थोड़ा और ऊपर उठकर खिड़की से ताक-झाँक करने लगा। तभी उसे अन्दर से कुछ आवाज़ें सुनाई पड़ी। उसने सबको इशारे से चुप कराया और खिड़की से कान सटा दिए।

"देखो जी! मैं नहीं जानती कि पुलिस तुम्हें बार-बार थाने क्यों बुलाती है। मैं तो बस इतना जानती हूँ कि तुमने कुछ नहीं किया। इसलिए तुम परेशान होना छोड़ दो। जबसे पुलिस ने पूछताछ शुरू की है, तुम दिन-रात परेशान से बैठे रहते हो। ऐसे परेशान रहोगे तो तबियत बिगड़ जाएगी। मैं तो कहती हूँ तुम्हें गाँव में किसी आदमी की मदद लेकर इस मामले की जड़ तक जाना चाहिए।"

"तुम कह तो सही रही हो रमा, लेकिन गाँव वाले मुझ पर भरोसा ही नहीं करते। वे तो पूरी तरह इसे मोरों का आतंक और बुरी आत्मा का साया मानकर बैठे हैं। रही-सही कसर उस ढोंगी बाबा ने पूरी कर दी।" बाँगड़-बिल्लू अपनी पत्नी से बोला।

"लेकिन ऐसे भी कब तक चलेगा? एक-एक करके चार मासूम बच्चे ग़ायब हो गये। हमारा अपना बच्चा नहीं तो क्या हम बच्चों का और उनके घरवालों का दर्द नहीं समझते। जाने उन सब पर क्या गुज़र रही है," कहते-कहते रमा की आँखें भर आयीं।

"अच्छा तुम रो मत। मैं कल ही जाकर सरपंच जी से इस बारे में बात करूँगा," बाँगड़-बिल्लू ने रमा की पीठ थपथपाते हुए कहा, "उससे पहले मैं अपने एक दोस्त से मोरों के बारे में कुछ जानकारी इकठ्ठा करता हूँ। वह शहर में पक्षियों पर कोई विशेष रिसर्च कर रहा है। उसे कुछ-न-कुछ तो ज़रूर पता होगा।"

चीनू ने जब खिड़की से छुपकर सारी बातें सुनीं तो उसे लगा उसने बाँगड़ बिल्लू पर शक़ करके ग़लती की। अब उन्हें फिर से सारे किडनैप के बारे में सोचना होगा। एक बारगी चीनू को लगा कि कहीं सच में मोर ही तो नहीं।

उसने दोस्तों को सारी बात बतायी। बहुत सोचने के बाद सबने तय किया कि वे अभी के लिए बाँगड़ बिल्लू पर भरोसा करेंगे। लेकिन उसे अपने प्लान्स के बारे में कुछ बताएंगे नहीं। लाईटचंद के किडनैप के बारे में शुरू से जानने के लिए सब बाँगड़ बिल्लू के घर में चले गये। रमा ने उन्हें बैठाया और शरबत लाने रसोई में चली गयी।

“बताओ बच्चों, यहाँ कैसे आना हुआ?” सब एक-दूसरे की तरफ देख ही रहे थे कि बाँगड़-बिल्लू ने कहा, “मैं जानता हूँ तुम सब ग़ायब हुए बच्चों की वारदात के बारे में जानकारी हासिल करने आए हो?”

ये सुनकर सब चौंक गये। थोड़ा डर भी गये। उन्हें लगा अगर बाँगड़ बिल्लू को ये पता है तो कहीं यही तो नहीं। हम पकड़े न जाएँ। वे कुछ और सोच पाते उससे पहले ही बाँगड़ बिल्लू ने फिर आगे कहा, “चीनू और मीनू को देखते ही मैं समझ गया था कि तुम सब क्यों आए होगे। इन दोनों की होशियारी के चर्चे पूरे गाँव में होते हैं।”

बाँगड़ बिल्लू के मुँह से अपनी तारीफ़ सुनकर चीनू और मीनू का सीना चौड़ा हो गया। दोनों थोड़ा आगे सरक कर बैठ गये। मन से डर भी जाता रहा। सारे बच्चे उन दोनों को देखकर मुस्कुरा रहे थे। अब तक सभी के मन से बाँगड़ बिल्लू के लिए शक़ हट गया था।

"हाँ तो बताओ! क्या जानना है तुम्हे?" बाँगड़ बिल्लू ने आगे कहा।

"सर हमें लाईटचंद के ग़ायब होने वाले दिन की पूरी बात जाननी है," चीनू बोला।

सभी जवाब की प्रतीक्षा कर रहे थे। तभी रमा शरबत ले आई। सभी ने शरबत के ग्लास उठा लिये। रमा भी वहीं कुर्सी पर बैठ गयी। बाँगड़ बिल्लू ने उस दिन की पूरी बात को याद करते हुए कहना शुरू किया।

"हर साल की तरह इस साल भी लाईटचंद मेरे घर गणित की ट्यूशन पढ़ने आ रहा था। पहले तो वो अकेला आता था। लेकिन जब से मोरों का आतंक शुरू हुआ उसके पिताजी छोड़ने आने लगे। उस दिन भी वही आते, लेकिन उस दिन मंगलवार था। उसके पिताजी को बाज़ार जाना था। इसलिए उन्होंने एक दिन पहले ही मुझसे कह दिया था कि मंगलवार को वो उसे किसी के साथ छुड़वा तो देंगे लेकिन लेने आने की दिक्कत होगी। मैंने स्कूल के चपरासी को सुबह ही बोल दिया था कि वह स्कूल के बाद मेरे घर आ जाए और लाईटचंद को घर छोड़ दे।"

सारे बच्चे ध्यान से सुन रहे थे। कमरे में पिनड्रॉप साइलेंस था। बाँगड़ बिल्लू ने शरबत का एक घूँट पिया और आगे बोला, "स्कूल के बाद चपरासी बोला कि उसे कुछ दूसरा ज़रूरी काम है, वह नहीं जा पाएगा। मैंने सोचा कोई बात नहीं। मैं ख़ुद ही छोड़ आऊँगा। ट्यूशन ख़त्म होते ही मैं उसे छोड़ने जाता उससे पहले ही मुझे पुलिस स्टेशन से फ़ोन आ गया। तुरंत बुलाया गया। रंगा-बिल्ला के बारे में पूछ-ताछ के सिलसिले में। मैं लाईटचंद को घर पर ही बैठाकर मेरे वापस आने तक इंतज़ार करने का कहकर चला गया। रमा उसके भाई की शादी में मायके गयी हुई थी। मैं बाहर से दरवाज़ा बंद करके गया था। जब वापस आया तो दरवाज़ा खुला था। ताला भी बिना टूटे खुला हुआ था और लाईटचंद घर पर नहीं था। जब लाईटचंद के घर फ़ोन किया तो वह घर पर भी नहीं था। हम बहुत घबरा गये क्योंकि एक रात पहले उसी के घर पर मोरों की आवाज़ें आयी थीं।"

"ओह! इसका मतलब हम एक बार फिर वहीं आ गये। हमारे पास न किसी पर शक़ करने की कोई वजह है न ही हमारे पास कोई सुराग़ है," चीनू ने उदासी से कहा।

"क्या मतलब? तो तुम लोगों को मुझ पर शक़ था?" बाँगड़ बिल्लू ने हँसते हुए कहा।

सभी थोड़ा झेंप गये कि उनकी चोरी पकड़ी गयी। चीनू बोला, "सॉरी सर, लेकिन जो-जो बातें हमें मालूम चलीं उससे आप पर ही शक़ हो गया था। लेकिन अब हम पूरी तरह श्योर हैं कि आप इसमें शामिल नहीं हैं। बल्कि किसी ने आपको भी फँसाने की कोशिश की है।"

हा! हा! हा!

बाँगड़ बिल्लू को बच्चों की मासूमियत पर हँसी आ गयी। वो बोला "कोई बात नहीं, हम मिलकर इस गुत्थी को सुलझाएंगे।"

बच्चों को थोड़ी राहत मिली। शाम होने वाली थी। बाँगड़ बिल्लू ने सबसे कहा कि बाहर किसी को इस बारे में भनक भी नहीं लगनी चाहिए। वह अपनी तरफ से कुछ जानकारी इकट्ठी करने की कोशिश कर रहा है। कुछ पता लगेगा तो बच्चों को बताएगा। तब तक सब सुरक्षित रहें। सब वहाँ से निकलकर कुछ देर भोलू के घर रुके अगले दिन की प्लानिंग करने के लिए।

“अगर ये बाँगड़ बिल्लू नहीं है तो कौन हो सकता है?” चीनू बोला।

“तुझे किसी पर शक़ है?” मीनू ने पूछा।

“मुझे चपरासी पर भी शक़ है। लेकिन इस बार पहले हमें अच्छे से छान-बीन करनी होगी। वरना पता चले हम इधर ग़लत आदमी पर शक़ करते रहे उधर असली चोर भाग लिया,” चीनू ने सोचते हुए कहा।

“तो अब हम क्या करेंगे?” पिंटू ने पूछा।

“कल हम एक बार उन सभी बच्चों के घर चलते हैं जो ग़ायब हुए हैं। वहाँ से शायद कुछ पता चले,” मीनू ने कहा।

“कभी-कभी तू समझदारी वाली बात कर देता है,” चीनू ने छेड़ा।

राजू ने उदास होकर कहा कि वह कल नहीं आ पाएगा। कल मंगलवार है तो चाचा-चाची और अम्मा-बाउजी बाज़ार जाएंगे। उसे चाचा के घर अपने कज़न और दादी के पास रहना है।

“ओह नो! कल मंगलवार है,” चीनू ने चौंकते हुए कहा।

“मतलब कल फिर कोई बच्चा ग़ायब होगा,” रिंकी ने डरते हुए कहा।

“हाँ! लगता तो यही है। और अब तो हमारे पास इतना टाइम भी नहीं कि इस बात का पता लगा सकें कि कल कौन-सा बच्चा अकेला रहने वाला है,” चीनू ने चिंता जताई।

“फिर अब?” पिंटू ने पूछा।

“मुझे नहीं लगता कल कोई ग़ायब होगा,” भोलू बोला।

“तू इतना श्योर कैसे है?” मीनू ने अपनी एक भौंह उठाकर पूछा।

“अरे अभी छुट्टियाँ चल रहीं हैं। न स्कूल है, न ट्यूशन, और न ही अब कोई तहसील ग्राउंड में खेलने जा रहा है। जब सब घर में ही रहेंगे तो कोई कैसे ग़ायब होगा?” भोलू ने अपनी चुटकी बजायी।

“बात तो तेरी ठीक है, लेकिन फिर भी हम इतना श्योर नहीं हो सकते,” चीनू बोला, “बाकी तो रात में पता चल ही जाएगा। अगर मोर हल्ला करते हैं तो।”

“अब हम लोग घर चलते हैं। वरना मोरों का तो पता नहीं, नानी हमें ज़रूर सुताई लगा-लगाकर ग़ायब कर देंगी,” मीनू बोला तो सब हँस पड़े।

"राजू तू चिंता मत कर। कल दिन में हमारी पलटन जो भी खोजबीन करेगी, उसकी रिपोर्ट हम तुझे तेरे घर आकर दे देंगे," चीनू बोला।

"हाँ-हाँ, राजू तू उदास मत हो," मीनू बोला, "वैसे एक राज़ की बात बताऊँ," मीनू ने चीनू की तरफ शरारती नज़रों से देखा, "आज राजू के चाचा के बेटे का जो बन्दर है न, उसने चीनू के मामा को थप्पड़ जड़ दिया।"

मीनू का इतना कहना था कि सब हँसते-हँसते लोट-पोट हो गये। थोड़ी देर के लिए सब डर भूल गये और हँसते-खिलखिलाते अपने-अपने घर चले गये। अब सबको रात होने का इंतज़ार था।

अपराधी की ख़ोज

शाम के 7 बज चुके थे। अँधेरा घिरने से पहले बच्चों को घर में देखकर सबको राहत मिली। डेढ़ महीने से घट रही इन वारदातों की वजह से सभी इतना परेशान रहते थे कि हर दिन पहाड़-सा लगता। हर रात डरावनी लगती। मोरों की सामान्य आवाज़ आने पर भी लोग डर जाते थे। सामने कोई मोर आ जाए तो उसे पत्थर या डंडे से भगाने की कोशिश करते। जबकि इससे पहले इस गाँव में मोर और आदमी बड़े ही प्रेम से रहते आए थे। बच्चे भी भले असली गुनहगारों का पता लगा रहे हों लेकिन डर तो उन्हें भी लगता था। घर पहुँचकर बड़ों के बीच सबने राहत की साँस ली।

9 बजते ही राजू की माँ ने सबको खाने के लिए आवाज़ लगायी। सब एक साथ खाना खाने बैठ गये।

“आज दिनभर कहाँ ग़ायब था?” बाउजी ने राजू से पूछा।

"भोलू के घर गया था। वो चीनू और मीनू आये हैं न," राजू ने चबड़-चबड़ खाते हुए जवाब दिया।

"अच्छा, इस बार भी आए हैं दोनों? मुझे तो लगा था गाँव में इतनी वारदातें हो रही हैं तो नहीं बुलाएंगे उन्हें," राजू के बाउजी ने हैरानी से पूछा।

"हम्म!" राजू ने बस इतना ही जवाब दिया।

"आज मुकेश के बाउजी भी मिले थे। बड़े परेशान हैं," राजू के बाउजी बोले।

"तो होंगे नहीं? जिसका इकलौता बेटा ग़ायब हो उसकी क्या हालत होती है।" राजू की माँ बोली।

"हाँ! वो तो है। राजू के बारे में भी पूछ रहे थे। मैंने कहा ठीक है एकदम। आजकल कहीं भी आना-जाना बंद है। दिनभर घर में ही रहता है। बस मंगलवार की आफ़त होती है तो अपनी दादी के पास रह जाता है।"

"अच्छा! और मुकेश का कुछ पता चला?" राजू ने पूछा।

"नहीं, अभी तो कुछ नहीं," बाउजी बोले।

"बाउजी...वो...वो मुझे आपसे कुछ बात करनी है," राजू ने सकुचाते हुए कहा।

"क्या, बोल?" बाउजी ने निवाला मुँह में रखते हुए कहा।

"मैं कल, वो... मैं..."

"क्या मैं मैं? कुछ हुआ है क्या?" राजू को झिझकते देख बाउजी ने कड़क आवाज़ में पूछा।

"नहीं! मैं बस ये पूछ रहा था कि कल दादी के यहाँ न जाकर चीनू और मीनू के घर चला जाऊँ?" राजू ने एक साँस में कहा।

"नहीं," बाउजी ने सख्ती से मना करते हुए कहा, "तू जानता है न कल ख़तरा होता है।"

"मैं कहीं नहीं जाऊँगा। बस उन लोगों के साथ उनके घर खेलूंगा," राजू मिमियाया। वो जानता था कि असली वजह नहीं बतायी जा सकती। वरना बाउजी अभी सबके घर बोल देंगे और सारे मंसूबों पर पानी फिर जाएगा।

"कहीं नहीं जाना," बाउजी ने राजू को डाँटते हुए कहा, "चुपचाप खाना खाओ और सो जाओ। सुबह दादी के घर जाना है।"

बाउजी की डाँट के बाद राजू ने और कुछ नहीं कहा। चुपचाप खाना खाकर सोने चला गया। उधर चीनू और मीनू भी खाना खाकर सोने आ गये थे। मीनू को नींद आ रही थी लेकिन चीनू के दिमाग में अभी भी बाँगड़-बिल्लू की बातें घूम रही थीं। वह उनमें से कुछ खोजने की कोशिश कर रहा था।

"मीनू... ए मीनू।" चीनू ने लेटे-लेटे ही मीनू को एक ज़ोर की लात मारी तो वो धड़ाम से बिस्तर से नीचे गिर गया।

"आ... क्या है नालायक! सोने भी नहीं देता," मीनू सहलाते हुए उठा और फिर उनींदे होकर लेट गया। उसे नींद आ रही थी।

"बस खाना और सोना। कोई दूसरा काम नहीं।" चीनू ने फिर एक लात मारी लेकिन मीनू शायद सँभला हुआ था इसलिए इस बार गिरा नहीं। "सुन न, कल चपरासी से भी मिलना पड़ेगा," चीनू बोला।

"अब सो जा न," मीनू ने कहा और चादर मुँह पर ढँककर सो गया। चीनू ने उसे ज़ोर से कोहनी मारी और "जा सो जा," कहकर ख़ुद भी करवट लेकर सो गया।

रात एकबार फिर सन्नाटे की गोद में थी। गाँव का हर आदमी डर के साथ और मोरों के हमले के इंतज़ार में सोने की कोशिश कर रहा था। सभी जानते थे कि हो न हो आज फिर मोर आएँ। बस ये किसी को नहीं पता था कि शिकार

कौन बनेगा। हर सोमवार की रात की तरह साढ़े बारह बजते

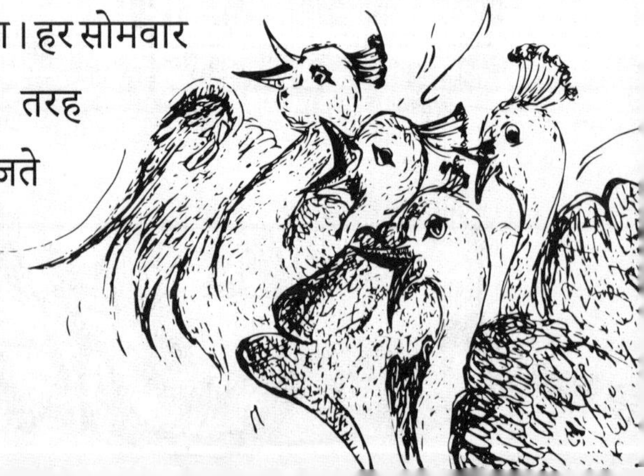

ही मोरों के चीखने की आवाज़ आने लगी। यह शोर इतना तेज़ नहीं होता था कि पूरे गाँव को साफ़-साफ़ सुनाई दे लेकिन सबके कानों तक आवाज़ पहुँच जाती थी।

आज ये आवाज़ राजू की चाची के घर के पास से आ रही थी। आवाज़ें सुनकर वे बुरी तरह डर गये। चाचा ने हिम्मत करके खिड़की से झाँकने की कोशिश की जिससे पता चल सके कि मोर उन्हीं के घर में आ धमके हैं या पड़ोसी की छत पर चीख़ रहे हैं। राजू की छत से लगी तीन-चार घरों की छतें थीं। इसलिए आज यह जान पाना कठिन हो रहा था कि मोर किसकी छत पर हैं। कल किसका बच्चा ग़ायब होगा। सभी बहुत डरे हुए थे। पहले से इस हमले के बारे में जानते हुए भी यह समय काट पाना सबके लिए मुश्किल हो रहा था। कुछ देर बाद मोर चले गये। लेकिन उनकी चीखें उन चारों घरों के लोगों के कानों में सारी रात गूँजती रहीं। सबके घरों में छोटे बच्चे अपनी-अपनी माँओं से चिपककर सो गये।

अगली सुबह हुई। मंगलवार की वजह से सबके घरों से किसी न किसी को बाज़ार में भी जाना था। मुसीबत कितनी भी बड़ी हो पेट भरने की ज़ुगत तो करनी ही पड़ती है। घरों पर बच्चों के साथ किसी एक जिम्मेदार व्यक्ति को छोड़ा गया। राजू भी चाचा-चाची के निकलने से पहले पहुँच गया था। अब घर में राजू, उसका कज़न, बन्दर और दादी थे। दादी ने घर के सारे दरवाज़े अच्छी तरह बंद कर दिये। वे घर के काम निपटाने लगीं और बच्चे टीवी देखने लगे।

दोपहर का सूरज सर पर चढ़ने लगा था। चीनू और मीनू भी भोलू के घर पहुँच चुके थे। आगे की प्लानिंग के मुताबिक़ अब उन बच्चों के घर जाना था, जो ग़ायब हुए हैं।

"तो अब क्या करना है?" भोलू ने चीनू से पूछा।

"वही करना है, जो कल डिसाइड किया था। उन बच्चों के घर जाना है और," चीनू बोल रहा था तो मीनू ने बीच में टोका।

"और चपरासी के बारे में भी पता लगाना है," मीनू जैसे ही बोला चीनू ने उसे टेढ़ी आँखों से देखा।

“कल जब मैं बोल रहा था तब तो नींद आ रही थी। अब मेरी ही बात बोलकर होशियारी दिखा रहा है,” चीनू बोला तो मीनू खी खी खी करके हँस दिया।

“सिर्फ चपरासी नहीं बल्कि हमें झांझा बाबा के बारे में भी छान-बीन करनी होगी,” चीनू आगे बोला, “बहुत ही कमीना है वो।”

“लेकिन उससे पहले हमें राजू के घर के पास जाकर नज़र रखनी चाहिए,” पिंटू बोला।

“तुझे इतनी अकल कहाँ से आयी रे,” चीनू ने पिंटू को छेड़ा।

“मैंने पापा को बोलते सुना था कि आवाज़ें राजू के घर के पास से ही आई थीं। लेकिन सब बच्चे घरों में ही हैं और सबके साथ कोई न कोई बड़ा है इसलिए चिंता की बात नहीं है,” पिंटू ने कहा।

“वाह मेरे शेरे,” चीनू ने पिंटू की पीठ पर एक धौल जमाई, “तो चलो फिर देर किस बात की, शुरू करते हैं अपना मिशन।”

यस बॉस!

सबने एक स्वर में कहा और रंगा-बिल्ला के घर की तरफ निकल गये।

पकड़े गये मोर

मंगलवार का दिन होने की वजह से गाँव में हलचल नहीं थी। आज के दिन सारी भीड़ पड़ोसी गाँव के बाज़ार में होती है और इस गाँव के दुकानदार मक्खी मारते हैं। बच्चों ने बाज़ार से जाने की जगह खेतों से लुकते-छिपते निकलने का तय किया ताकि बड़ों की नज़र में आने से बचे रहें और मिनटों में रंगा-बिल्ला के घर पहुँच गये। रंगा-बिल्ला दोनों पड़ोसी थे। दोनों की छतें मिली हुई थीं। बचपन से दोनों सगे भाइयों की तरह पले-बढ़े। दोस्ती और भाईचारा कूट-कूटकर भरा था।

बच्चे जब वहाँ पहुँचे तो रंगा के घर पर ताला लगा दिखा। बिल्ला का घर अन्दर से बंद था तो उसी के घर की कुण्डी खटखटायी। बिल्ला के मम्मी-पापा अगर बाज़ार गये भी होंगे तो घर में दादी और बिल्ला की दीदी तो ज़रूर होंगी। यही सोचकर बच्चे कुण्डी खटखटाते रहे। काफ़ी देर तक दो-तीन बार खटखटाने पर भी जब किसी ने दरवाज़ा नहीं खोला तो बच्चे घर की खिड़कियों से ताका-झाँकी करने

लगे। यह कोशिश भी नाकामयाब रही क्योंकि खिड़कियाँ भी अन्दर से बंद थीं। उन्हें धक्का देकर खोलने की कोशिश की लेकिन नहीं खुलीं। सब हताश होकर वापस जाने को मुड़े ही थे कि भीतर से आवाज़ आई, "कौन है?"

आवाज़ बिल्ला की दादी की थी।

"हम हैं दादी, बिल्ला के दोस्त–रिंकी-पिंटू-भोलू-राजू।" भोलू बोला।

"बिल्ला तो चला गया, अब यहाँ क्या मेरी छाती पर मूँग दलने आये हो," दादी ने कुढ़ते हुए कहा।

“नहीं दादी, हम तो बस दीदी से मिलने आये थे। वो शहर से चीनू और मीनू आये हैं न,” भोलू ने आवाज़ और ऊँची की।

“वो सो रही है। भागो यहाँ से, नासपीटे अब आये हैं जब मोर खा गये मेरे पोते को,” दादी ने दरवाज़ा नहीं खोला और उनकी आवाज़ भी दूर होती हुई लगी तो सबने मान लिया कि दरवाज़ा नहीं खुलेगा।

“ये बिल्ला की अम्मा भी न उसी की तरह खड़ूस हैं,” रिंकी मुँह टेढ़ा करके बोली, “हम तो उन्हीं की हेल्प करने आए थे।”

“कोई नहीं! अब हम मुकेश के घर चलते हैं। उसकी दादी अच्छी हैं। जब भी जाओ नाश्ता कराती हैं,” भोलू ने कहा तो सारे हँस पड़े।

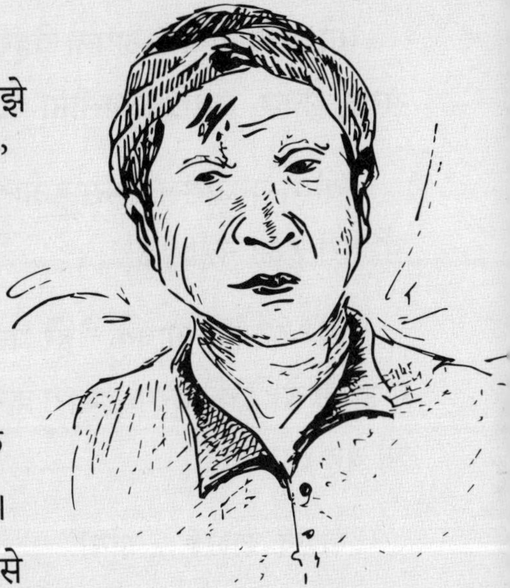

“हाँ-हाँ भुक्खड़! तुझे बस नाश्ता ही दिखेगा,” चीनू ने भोलू को लताड़ा।

सब साइकिलों पर चढ़े और घंटी टिनटिनाते हुए मुकेश के घर की तरफ बढ़ गये। मुकेश का घर गाँव से बाहर की तरफ़ था इसलिए पहुँचने में थोड़ा समय लगा। वे लोग मुकेश के घर के बाहर पहुँचे ही थे कि उन्हें दूर से मुकेश के पापा भागते हुए आते दिखे। वे अपना मुँह छुपा रहे थे और घबराये हुए लग रहे थे। घर के पास बच्चों को देखकर थोड़ा और सकपका गये। ख़ुद को थोड़ा सँभालते हुए बोले-

“अरे बच्चों तुम यहाँ?”

"राम-राम काका," चीनू बोला, "आप इतना डरे हुए क्यों हैं?" चीनू ने उनकी हालत देखते हुए कहा।

मुकेश के पापा ने अपना चेहरा थोड़ा नॉर्मल किया और संयत होकर, गमछे से पसीना पोंछते हुए बोले-

"वो मैं दरअसल...डरा हुआ? नहीं तो! मैं तो बिलकुल भी डरा हुआ नहीं हूँ।"

"अरे काका, आपके चेहरे पर ये खरोंच कैसी?" भोलू ने उनके चेहरे की तरफ इशारा करते हुए कहा, "इससे ख़ून भी बह रहा है।"

"ख-ख-ख-ख.... खून!"

मुकेश के पापा ने हड़बड़ाते हुए चेहरा पोंछा, "कहाँ है खून? कहीं तो नहीं है।" फिर बच्चों से थोड़ा सख्त होकर बोले, "अच्छा बच्चों, तुम भागो यहाँ से। मुझे कुछ ज़रूरी काम से जाना है।"

"लेकिन काका हम तो अम्मा से मिलने आये थे, " मीनू ने अपनी नज़र मुकेश के पापा की नज़रों में गड़ाते हुए कहा।

“अम्मा बाहर गयी हुई हैं। बाद में आना,” मुकेश के पापा ने कहा।

“लेकिन काका...” भोलू बोल ही रहा था कि चीनू ने उसे टोका।

“अच्छा ठीक है काका। हम फिर कभी आ जाएंगे। अभी तो हम जून तक हैं यहाँ,” चीनू ने भोलू को कुछ इशारा किया और वे सभी लोग अपनी-अपनी साइकिल पकड़कर निकल गये।

“तू क्या इशारा कर रहा था? चपरासी के घर नहीं जाना है क्या?” भोलू ने चीनू से पूछा।

“वहाँ भी जाना है। लेकिन उससे पहले हमें मुकेश के पापा का पीछा करना है,” चीनू ने साइकिल में ब्रेक लगाते हुए कहा, “तूने देखा नहीं वो कितना डरे हुए थे। और उनके चेहरे पर वो खरोंच। पक्का कुछ गड़बड़ है।”

“कैसी गड़बड़? खरोंच तो किसी से लड़ाई में भी आ सकती है। गाँव में तो ऐसी हाथापाई होती रहती है,” भोलू बोला।

"अगर ये नॉर्मल हाथापाई होती तो वो हमें देखकर डरते नहीं। घर का दरवाज़ा भी अन्दर से बंद था लेकिन उन्होंने हमें अन्दर नहीं जाने दिया," मीनू ने भोलू से कहा।

"ठीक बोल रहा है," पिंटू बोला, "और आज तो बाज़ार है, फिर वो गाँव में क्या कर रहे हैं?"

"यही तो," चीनू बोला, "सही टाइम पे काम की बात करता है अपना पिंटू," चीनू ने कहा तो सब खिलखिला दिये।

"तो अब आगे क्या करना है?" रिंकी ने पूछा।

"इनका पीछा," चीनू बोला, "हम यहीं अलग-अलग छुप जाते हैं। वो कहीं भी जाएंगे तो उन्हें यहीं से निकलना पड़ेगा। जैसे ही वो निकलेंगे हम उनका पीछा करेंगे।"

"और अगर वो कहीं नहीं गये तो?" भोलू बोला।

"हाँ तुझे तो भूख लगने लगी होगी न," चीनू ने मुँह बनाया, "ले बिस्कुट खा।" चीनू ने एक पार्ले जी का छोटा वाला पैकेट भोलू की तरफ उछालते हुए कहा, "तेरे लिए सुबह से लेकर घूम रहा हूँ। मुझे पता था तू कहीं भी पसर सकता है।" चीनू बोला तो सब फिर खी-खी-खी करके हँस पड़े।

"और अगर पकड़े गये तो?" पिंटू ने डरते हुए पूछा।

"तू डरपोक ही रहना," भोलू ने पिंटू से कहा।

"अच्छा अब लड़ो मत। जल्दी से अपनी-अपनी पोज़ीशन सेट कर लो," चीनू ने इशारे से सबको उनके छुपने की जगह बतायी। गली के नुक्कड़ पर एक पुराना खटारा ट्रक खड़ा था। रिंकी-पिंटू साइकिलों के साथ उस में चढ़ गये। वहीं से थोड़ी दूर पर एक पान की गुमटी थी।

भोलू उसके पीछे जाकर छुप गया। चीनू गली के ठीक सामने एक घर के बाहर लगे भूसे के ढेर में घुस गया। मीनू एक घर की छत पर चढ़ गया।

दोपहर के तीन बज रहे थे। गर्मी और चिलचिलाती धूप में सब अधमरे से होने लगे थे। सबसे बुरा हाल चीनू और मीनू का था। चीनू को भूसे में खुजली होने लगी थी और मीनू छत पर जलने लगा था। मीनू ने छत से ही एक पत्थर चीनू की तरफ उछाला और इशारे में गर्मी से होती बेहाली के बारे में कहा। चीनू ने उसे इशारों में ही डपट दिया। और चुपचाप नज़र बनाये रखने के लिए कहा।

करीब बीस मिनट बाद मुकेश के पापा आते दिखे। वे साइकिल पर थे और इतनी तेज़ पैडल मार रहे थे जैसे उन्हें यकीन हो कि ज़्यादा ताक़त लगाने से उनकी साइकिल मोटर-साइकिल की तरह भागने लगेगी। उन्हें इतनी तेज़ी

से आता देख सब हरक़त में आ गये। मुकेश के पापा जैसे ही वहाँ से कुछ आगे बढ़े सबने अपनी-अपनी साइकिल उनके पीछे दौड़ानी शुरू की। मुकेश के पापा इतनी हड़बड़ी में थे कि उन्हें अंदेशा ही नहीं हुआ कि उनका पीछा हो रहा है। उन्हें बच्चों पर ज़रा भी शक़ नहीं था इसलिए वे बस अपनी ही धुन में भागे जा रहे थे।

बच्चे उनसे छुपते-छुपाते दूरी बनाते हुए चल रहे थे। थोड़ी देर बाद मुकेश के पापा हॉस्पिटल जाने वाली सड़क पर मुड़ गये।

"ये अंकल हॉस्पिटल क्यों जा रहे हैं?" भोलू ने पूछा।

"भगवान् जाने," चीनू बोला।

मुकेश के पापा को उन्होंने दूर से ही हॉस्पिटल के अन्दर जाते हुए देखा। फिर सब चुपके-चुपके हॉस्पिटल के अन्दर मुकेश के पापा को ढूँढने लगे जो थोड़ी ही देर में उन्हें डॉक्टर

के केबिन में दिख गये। चीनू कान लगाकर सुनने लगा। बाक़ी इधर-उधर नज़र बनाए हुए थे कि कहीं से कोई पकड़ न ले।

"डॉक्टर साहब, आप बस इतना बताइए कि इससे जानवरों वाली कोई बीमारी तो नहीं पकड़ लेगी न," मुकेश के पापा ने अपने गाल की ख़रोंच दिखाते हुए कहा।

"अरे नहीं पंडित जी। जैसे कुत्तों के काटने पर इंजेक्शन लगता है। वैसे ही बंदरों के काटने का भी इंजेक्शन होता है। मैं अभी आपको एक लगा देता हूँ," डॉक्टर बोला।

"हाँ तो जल्दी लगा दीजिए। मुझे कहीं काम से जाना है। समय थोड़ा कम है," मुकेश के पापा ने हड़बड़ाते हुए कहा।

"बन्दर के लिए एंटी-इंजेक्शन? तो ये चोट इन्हें बन्दर से लगी? लेकिन कैसे?" चीनू अपना सर खुजलाते हुए बुदबुदाया, "कहीं इन्हें भी तो बन्दर ने मामा जी के जैसे थप्पड़ नहीं मार दिया?"

चीनू वहाँ से हटा और सबको इशारे से बाहर आने को कहा।

"भोलू, गाँव में राजू के अलावा किसी और के पास भी बन्दर है क्या?" चीनू ने बाहर आते ही पूछा।

"नहीं! गाँव में सिर्फ एक ही बन्दर है- राजू का।" भोलू बोला, "क्या हुआ कुछ हमें भी बताएगा।"

"मुकेश के पापा को वो खरोंच बन्दर से आई है," चीनू बोला।

"और कल रात मोरों की आवाज़ भी राजू के घर के पास से ही आ रही थी," मीनू ने कहा तो चीनू चौंका।

"सही पकड़ा," चीनू ने चुटकी बजाते हुए कहा, "भोलू-मीनू तुम दोनों यहीं रुककर मुकेश के पापा पर नज़र रखो। मैं, रिंकी और पिंटू राजू के घर जाकर देखते हैं सब ठीक है कि नहीं।"

चीनू के कहते ही भोलू और मीनू फिर से मुकेश के पापा पर नज़र रखने के लिए छुप गये और चीनू -रिंकी-पिंटू राजू के घर की तरफ बढ़ गये। तीनों फुर्ती से राजू के घर पहुँचे।

"ये बाहर से कुण्डी क्यों लगी है?" चीनू ने हैरानी से पूछा।

“अम्मा बच्चों को सुलाकर कहीं इधर-उधर पड़ोस में गयी होंगी,” रिंकी बोली।

“हाँ हो सकता है। तो क्या करें अब?” चीनू बोला, “अन्दर चलें?”

“नहीं! ऐसे किसी का घर खोलकर अन्दर जाना अच्छी बात नहीं,” पिंटू बोला।

“सारे एथिक्स अभी याद करने ज़रूरी हैं क्या?” चीनू बोला। वह इस स्थिति में बिलकुल समय बर्बाद नहीं करना चाहता था। उसे हड़बड़ी तो थी ही, डर भी था कि समय बीतने के साथ अनहोनी घटने की संभावना न बढ़ जाए।

“थोड़ी देर यहीं रुकते हैं, अम्मा नहीं आयीं तो अंदर चल लेंगे,” पिंटू बोला।

तीनों वहीं खड़े हो गये। घर के चारों ओर सन्नाटा था। किसी भी घर के दरवाज़े खुले हुए नहीं थे। जैसे सभी किसी राक्षस के आने से छुपे हों। यूँ गर्मियों के दिनों में वैसे भी दोपहर शांत ही होती है। बस बच्चे ही हैं जिनमें तेज़ चिलचिलाती धूप और लू की लपटों को झेलते हुए भी खेलते रहने की क्षमता होती है। सो वे लगे हुए थे अपने काम पर। इस साल ये मुसीबत थी, नहीं होती तो अभी कहीं किसी आम के पेड़ पर लटके होते। डाल से टूटी

कच्ची अमिया को नमक लगाकर खाने का स्वाद मुँह में आए तो कौन कमबख्त गर्मी और लू की परवाह करेगा।

कुछ देर तक जब अम्मा नहीं आयीं और न ही पड़ोस के किसी घर में हलचल हुई तो बच्चों ने कुण्डी खोलकर अन्दर जाना तय किया।

अन्दर पहुँचे तो उनके होश उड़ गये।

“अरे ये क्या हुआ आपको?” खटिया पर बेहोश पड़ी दादी को देख उन्हें उठाने बच्चे उनकी ओर लपके।

“अन्दर न राजू है न ही उसका भाई,” रिंकी ने घर में इधर-उधर झाँकते हुए कहा। उसकी आवाज़ में घबराहट थी।

“और न ही उनका बन्दर,” पिंटू बोला।

“इसका मतलब मुकेश के पापा को किसी और बन्दर ने नहीं बल्कि राजू के बन्दर ने ही खरोंचा है,” रिंकी बोली।

“हमें फटाफट भोलू और मीनू को लेना होगा,” चीनू ने बोला।

“लेना होगा मतलब?” पिंटू ने सर खुजलाया।

“मतलब उन्हें वहाँ से लेकर पुलिस स्टेशन जाना होगा,” चीनू खिसियाया।

"और अम्मा? इन्हें यहाँ बेहोश अकेला छोड़ दें?" रिंकी ने पूछा।

"नहीं अकेला तो नहीं छोड़ सकते," चीनू बोला और अपनी नज़रें इधर-उधर घुमाईं- *वो रहा!*

वह उस घर में रखे लैंडलाइन फ़ोन को देखकर चहका। उसने झटपट अपनी नानी के घर फ़ोन किया -

"बाउजी मैं राजू बोल रहा हूँ, हमारी अम्मा बेहोश हो गयी हैं और घर में कोई नहीं है," चीनू ने राजू की आवाज़ बनाते हुए कहा और फ़ोन रख दिया।

"तूने अपनी आवाज़ में बात क्यों नहीं की?" पिंटू बोला

"अबे मरना है क्या? अभी तक चोर पकड़ा नहीं गया, अगर नानाजी को पता चल गया कि हम ऐसे मंगलवार को गाँवभर में घूमते फिर रहे हैं तो वो हमें ही जेल में बंद कर देंगे," चीनू बोला, "चलो अब भागते हैं यहाँ से इससे पहले कि नानाजी आ पहुँचें।"

चीनू के कहने से तीनों वहाँ से निकल गये। निकलते वक़्त घर की कुण्डी वापस बाहर से लगा दी।

उन्हें यकीन हो गया कि हो न हो मुकेश के पापा का इस पूरे कांड से कोई न कोई संबंध ज़रूर है। बस वे ये नहीं समझ पा रहे थे कि अगर मुकेश के पापा ख़ुद भी मिले हुए हैं तो मुकेश कैसे ग़ायब है? उन्होंने तुरंत हॉस्पिटल जाकर मीनू और भोलू के साथ पुलिस-स्टेशन जाने का प्लान बनाया। उधर मीनू और भोलू इंतज़ार करते-करते थक गये लेकिन मुकेश के पापा उन्हें बाहर आते दिख ही नहीं रहे थे। उन्हें लगा कहीं वे हॉस्पिटल के किसी और खूफिया दरवाज़े से तो नहीं निकल गये। जब चीनू बाकी लोगों के साथ वहाँ पहुँचा और मीनू ने उसे सब बताया तो वे फ़ौरन थाने के लिए निकल पड़े।

अभी वे रास्ते में पहुँचे ही थे कि उन्हें उसी जामुन के पेड़ की तरफ़ से कांस्टेबल गंगाराम आता दिखायी दिया। उसे देख बच्चों को थोड़ी राहत मिली कि चलो थाने तक नहीं जाना पड़ेगा। यहीं से इसे राजू के घर ले जाएंगे।

मीनू गंगाराम से कुछ बोलने ही वाला था कि चीनू ने उसे रोक लिया।

"इतनी धूप में कहाँ घूम रहे हो बच्चों?" गंगाराम ने बच्चों को देख अपना हाथ पीछे करते हुए कहा।

"वो हम तो बस ऐसे ही," चीनू ने खी-खी करते हुए कहा, "बहुत दिनों बाद आये हैं न तो बस दोस्तों से मिलने जा रहे हैं।"

"अच्छा-अच्छा। जानते हो न गाँव में मोरों का आतंक मचा हुआ है। मंगलवार को यूँ निकलना ठीक नहीं है," गंगाराम ने सबको हिदायत दी, "चलो अब दोस्तों से बाद में मिलना। सब घर जाओ।"

"जी अंकल," चीनू ने सर हिलाया और सब आगे निकल गये। थोड़ा आगे जाकर मीनू ने चीनू से पूछा, "तूने मुझे उन्हें कुछ बताने क्यों नहीं दिया? हमें जल्दी से जल्दी राजू के घर लेकर जाना था उन्हें।"

"हाँ ले तो जाना था लेकिन मुझे गंगाराम पर भी शक़ है," चीनू बोला, "इस टाइम वो उस पेड़ की तरफ़ से क्यों आ रहा था?"

"ये तो ठीक बोला चीनू," भोलू ने कहा, "हमें थाने जाकर इंस्पेक्टर अंकल को ही सब बताना चाहिए। वो बहुत ईमानदार और अच्छे हैं।"

"चलो," कहते हुए सारे पुलिस स्टेशन की तरफ़ बढ़ गये। वहाँ पहुँचकर उन्होंने सारी बात इंस्पेक्टर को बताई। इंस्पेक्टर ने फ़ौरन बच्चों को जीप में बैठाया और राजू के

घर की तरफ़ बढ़ गये। वहाँ पहुँचे तो चीनू के नानाजी और नानी वहाँ मौजूद थे, घर की हालत देखकर वे लोग पुलिस को फ़ोन लगाने ही जा रहे थे।

"हम आपको ही फ़ोन लगाने जा रहे थे," इंस्पेक्टर अन्दर घुसा तो उसके साथ बच्चों को देखकर नाना-नानी हैरान रह गये। उन्हें पूरी बात पता चली तो वे परेशान हो उठे। बच्चों को डाँट भी पड़ी कि अकेले ये सब करने से उनकी जान को ख़तरा हो सकता था।

"अरे आप इन्हें डाँटिए मत, बल्कि शाबाशी दीजिए," इंस्पेक्टर बोला तो नानाजी शांत हुए।

"अच्छा अब हम इन्हें लेकर अस्पताल जाते हैं," नानाजी बोले, "आप राजू के पापा और चाचा को बुलवा लीजिए।"

उनके घर को बाहर से ताला लगाकर इंस्पेक्टर बच्चों को फिर थाने ले आये। वहाँ पहुँचकर जब बच्चों ने उन्हें पूरी बात बतायी तो इंस्पेक्टर बोला, "मुकेश के पापा? और गंगाराम तो घर का बोलकर गया था फिर वो खेत में क्या कर रहा था।" इंस्पेक्टर को अब सारी कड़ियाँ जुड़ती नज़र आने लगीं। उन्होंने तुरंत दो कांस्टेबल भेजकर मुकेश के पापा और गंगाराम को थाने लाने को कहा। बच्चों के कहने पर बाँगड़-बिल्लू और चपरासी को भी थाने बुलवा लिया गया।

शाम हो चुकी थी। चीनू-मीनू के नानाजी और मामा भी थाने आ चुके थे। बाकी बच्चों के माता-पिता को भी सूचित कर दिया गया था। गाँव की भीड़ दो भागों में बँट गयी थी। आधे लोग थाने के बाहर, आधे राजू के घर के बाहर।

राजू के घर में कोहराम मचा हुआ था। दोनों बच्चों की मम्मियों का रो-रोकर बुरा हाल था। दादी को जब होश आया तो उन्होंने कहा कि किडनैपर के मुँह पर कपड़ा था इसलिए वो देख नहीं पायीं कि कौन था।

पुलिस ने जब मुकेश के पापा पर सख्ती दिखाई तो दो-चार डंडे पड़ते ही उन्होंने सब सच उगल दिया।

"सारा प्लान गंगाराम का था साहब, मैंने कुछ नहीं किया," मुकेश के पापा ने रोते हुए कहा।

इंस्पेक्टर का रौद्र रूप देखकर गंगाराम की हालत ख़राब थी।

"मैं... मैं सब बताता हूँ... सब बताता हूँ, बस आप डंडा मत उठाना," गंगाराम बोला। इंस्पेक्टर के कहर से चोर-उचक्के तो क्या साथी पुलिस वाले भी थर-थर काँपते थे।

"बच्चों की तस्करी के बदले अच्छे पैसे मिल रहे थे। उसी के लिए ये प्लान हम सबने बनाया था। सबसे पहले मुकेश को गायब करके ये इमेज बनायी कि उसके पापा भी पीड़ित हैं।"

"और मुकेश कहाँ है?" गंगाराम चुप हुआ तो इंस्पेक्टर चीखा।

"मु...मु.. मुकेश को शहर में उसके एक रिश्तेदार के घर रखा है," गंगाराम की बातें सुनकर थाने में खुसुर-फुसुर होने लगी।

गाँव वाले आपस में बातें करने लगे-

"कैसा नीच आदमी है, अपने ही बच्चे का इस्तेमाल करके हमें ठग रहा था।"

"नीच पापी, हमारे बच्चों को कहाँ छुपा रखा है?"

"सब लोग शांत रहो, वरना सबको बाहर निकाल दूँगा," इंस्पेक्टर बोला, फिर गंगाराम की ओर मुड़कर बोला, "आगे बता, बाकी गायब हुए बच्चे कहाँ हैं अभी?"

"वो सब गाँव के बाहर चपरासी के घर में छुपा रखे हैं।" गंगाराम बोला।

"और मोरों की आवाज़ें?" इंस्पेक्टर ने पूछा, "उनको कैसे बदनाम किया इस सब में?"

"वो... वो तो मासूम पक्षी हैं साहब, हम सताएंगे तो चीखेंगे, चिल्लाएंगे ही" इस बार चपरासी बोला, "मेरा तो ख़ुद जी दुखता था मोरों को सताने में। लेकिन ये लोग मानते ही नहीं थे।"

चपरासी ने रोते-रोते कहा, "मुझे माफ़ कर दो, मुझसे ग़लती हो गई!"

सारी बात जानकर इंस्पेक्टर ने पहले उन सबकी ख़ूब पिटाई की। फिर गाँव की सारी जनता एकसाथ बच्चों को छुड़ाने चपरासी के खेत में पहुँच गयी। इंस्पेक्टर ने गाँव वालों को भी मौका दिया, सभी अपराधियों को दो-दो चाटें जड़ने का।

चीनू ने भी अपने हाथ आज़माये लेकिन उसके दिमाग में एक सवाल अब भी था। उसने गंगाराम से पूछा, "और झांझा बाबा?"

समारोह

“वो बहती गंगा में हाथ धो रहा था। हमारे साथ नहीं है वो” गंगाराम ने मुँह बनाया।

“हाँ तभी तुम सबके पकड़े जाने की ख़बर सुनकर अपना लोटा-धोती उठाकर भाग निकला,” मामाजी बोले तो सभी हँस पड़े।

चीनू-मीनू की समझदारी पर पूरा गाँव ख़ुश था। अगले दिन गाँव में चीनू-मीनू के साथ-साथ बाकी बच्चों के लिए भी सम्मान-समारोह रखा गया।

लेखक

अंकिता जैन युवा कथाकारों में एक सुपरिचित नाम है। अब तक उनकी कुल पाँच किताबें प्रकाशित हो चुकी हैं। वह लंबे समय तक ऍफ़. एम. के लिए कहानियाँ लिखती रही हैं एवं समसामयिक मुद्दों पर उनके लेख अनेक अख़बारों और पोर्टल्स पर प्रकाशित होते रहते हैं। उन्हें पर्यावरण मंत्रालय का 'मेदनी' पुरस्कार मिल चुका है। वह पेशे से इंजीनियर रही हैं लेकिन साहित्य के पैशन को फॉलो करते हुए अब कला और साहित्य की होलटाइमर हैं।

postankitajain@gmail.com, www.ankitajain.in